旧満州に消えた父の姿を追って

昭和の記憶

諸住昌弘
Morozumi Masahiro

梓書院

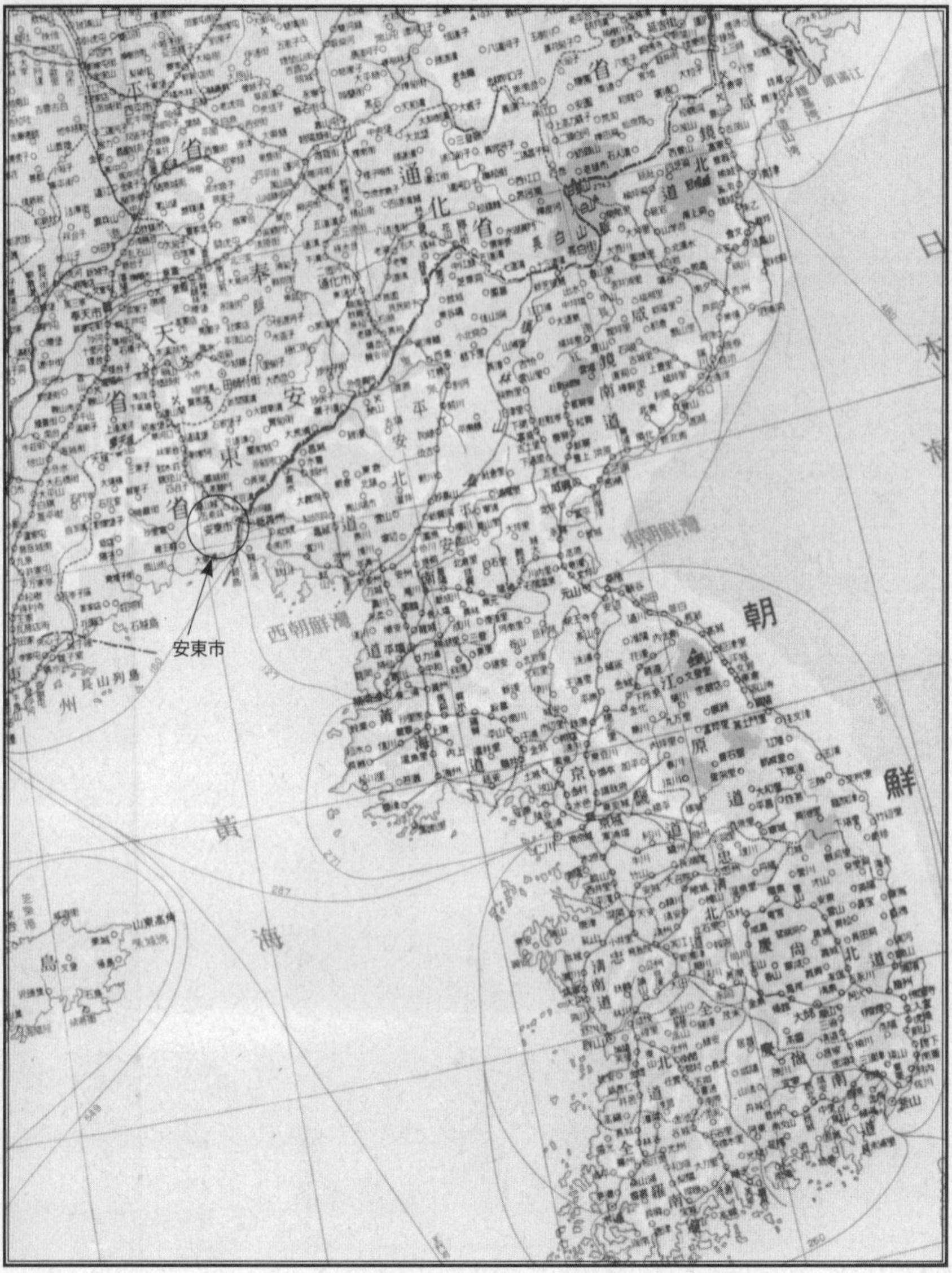

（満州全図より）

発刊によせて

安東会　名誉会長　大和田 義明

中国と北朝鮮の国境を流れる川、鴨緑江《おうりょくこう》に、戦前、日本が満州・朝鮮半島に残した最大の遺産の一つと言われる巨大なダムがあります。

工事は、間組が朝鮮側、西松組が満州側を担当して作り上げたこの「水豊《すいほう》ダム」は、現在も現役で稼働しております。

この水豊ダムから八〇㌔ほど下流に、現在、丹東《たんとう》市という市街がありますが、元は、日露戦争あとに、日本人が新しい町を作り発展してきた安東《あんとう》市です。

さて、本文中に詳記されていますが、諸住さんのお父様は、大学で土木工学を専攻され、当時の国の政策でもある「大陸雄飛」に惹かれて、間組《はざまぐみ》の土木技師として満州へ渡られました。

昭和十五年、ご両親は、この満州安東市で所帯を持たれ、昭和二十年の終戦までの間に三人の子宝に恵まれたのですが、不遇にも、お父様は終戦の直前に軍隊に召集され、ソ連軍との激戦の末、八月十三日に戦死なされたのです。

一方、敗戦国民として難民生活を送られたお母様が、三人の遺児を連れて、引揚者として帰国されました。

著者の諸住さんはまだ三歳で、この時期のことは、全く記憶に残らないのは当然です。にも拘わらず、この物語を著作するということは、至難の作業であったと思います。余程、念が強い人であると実感いたします。

人間味あふれた諸住さんの本をお薦めする次第です。

令和元年八月

はじめに

「生まれは何処ですか」とか「故郷《ふるさと》は？」とよく聞かれる。その時、いつも「生まれは満州・安東《あんとう》、故郷《ふるさと》は北海道」と答えていた。小学生の頃から、そろそろ喜寿を迎える今になっても変らない。

六十五歳で完全リタイアしてから、生誕の地の旧満州へ思いは益々強くなった。厚生省が募集した戦争遺児の墓参団を知るとすぐに応募し、父親の戦没の地を慰霊団の一員として訪問した。そして、生まれ故郷の旧満州・安東（現中華人民共和国遼寧《りょうねい》省丹東《たんとう》）も中国の友人の力を借りて二度も訪問した。しかし、母親から満州での生活や引揚げのことについて詳しく聞いていてなかった。いや、母親も九十六歳で生涯を終えるまで敢えて詳しく話そうとはしなかった。母の葬儀の後、遺品の中から満州 間組《はざまぐみ》で仕事していた時の父親の一枚の写真（結氷した鴨緑江《おうりょくこう》で橇《そり》上）を見つけた時、「父の仕事現場を訪ねてみたい。職業軍人でない父が何故終戦直前に戦死したのか」と思うと同時に母が話さなかった「満州引揚げ」について真相を自分なりに探ってみようと強く思った。しかし、一冊の本を書こうという気持ちは全くなく、自分の知らない謎の部分を解き明かすくらいの軽い気持ちであった。

謎解きが大きく動いた転機は、福岡大学人文学部広瀬貞三教授から安東会を紹介して頂いたことに始まる。しかも彼が『間組百年史』の編集委員でもあったことが幸いして一挙に安東が身近なものとなった。

戦争遺児慰霊団の一員として中国を訪問したことやファミリーヒストリーの調査を行なっていること、それを巡る一連の出来事について、会社の先輩の後藤文利さんに近況報告のつもりで話したところ、後藤さんは「なかなか興味深い話だね、〝昭和の記憶〟というコーナーがある西日本文化に投稿したらどうだろう」と進言してくれた。後藤さんはテレビ西日本でドキュメンタリー番組を数多く制作し、自分史を書いて北九州市自分史文学賞特別賞も受賞し、その言葉に重みがあり、価値があるものだと思い投稿した。西日本文化協会は地元文化の振興を目的に一九五九年（昭和三十四年）発足し、以来一貫して日本伝統文化の維持・継承に関連する講座や研究会を実施、出版事業を展開しており、会誌「西日本文化」は今年の夏で四九一号を数える。その会誌に二〇一五年の七月号と十月号に特集「昭和の記憶　旧満州に消えた父を追って」のタイトルで私の文章を二回に分けて掲載して頂いた。その後も満州に渡った両親の当時の社会・政治情勢や世界情勢の調査を続けるうち、自分の家族だけでなく日本人一人ひとりの尊い命が、日本政府特に日本軍の先行き望みのない戦争継続政策に翻弄されていることを痛感した。「戦争の本質を子や孫の世代に伝えるために」の思いから今回の出版となった。

タイトルは西日本文化に掲載した「昭和の記憶」が最適で他は考えられなかった。昭和から平成そして令和と時代が変遷する中で、日本人が決して忘れてはならないのは、私自身も幼い時に体験した太平洋戦争であり、終戦後一年三ヶ月後旧満州から一五〇万余の日本人が引揚げてきたことである。僅か七十数年前の悲惨な昭和時代の出来事は、決して風化させてはならないとの思いを西日本文化編集部に伝えたところ「昭和の記憶」のタイトル使用について快諾して頂いた。ここに改めて深く感謝の意を表します。

令和元年八月

諸住　昌弘

contents

c o n t e n t s

c o n t e n t s

c o n t e n t s

c o n t e n t s

昭和の記憶

旧満州に消えた父の姿を追って

第1章　安東再訪

1　長甸河口の写真との出会い

還暦を過ぎリタイア生活に入るにあたり、殆んどの人が何がしかの新しい目標を立てるという。私の場合は父の戦没の地で慰霊すること。生まれてから三年半過ごした出生地・旧満州の安東《あんとう》（現＝遼寧省《りょうねいしょう》・丹東《たんとう》）を訪問すること。何故終戦から一年半も経って博多港に引揚げてきたのかを解明することの三つであった。これは旧満州に消えた父の姿を追う旅であり、終戦後一年以上続いたソ連占領下の満州の地で、私と兄妹の三人を守り抜き、無事博多港まで引揚げて来た母の航跡を辿る旅でもあった。

私は昭和十八年五月十日、安東で生まれたが、終戦後の昭和二十一年十月二十九日博多港に上陸するまでの約三年半が、父のことを含めて全く記憶がない。

母に安東での生活や満州からの引揚げのことを聞こうとしても、いつも「もう忘れた！」と言うので、それに触れることは悪いような気がして、母が九十六歳で亡くなるまで聞き出すことは出来なかった。言ったところで仕方がないことだと思っていたのか、つらいことを忘れようとしていたのだろう。

写真１　結氷した満州・鴨緑江をソリに乗って渡る父
=1939年１月４日

生まれ故郷・安東訪問の気持ちが高まったきっかけは、一枚の写真だった（写真１）。平成二十三年十月、母が亡くなった時、遺品の中から父が満州で仕事をしていた時の写真が出て来た。昭和十四年一月三日に撮ったもので、「鴨緑江《おうりょくこう》（満州）ニテ　鴨緑江ガ結氷スルト『パリ（橇《そり》）』ガ唯一ノ交通機関デ新義州《しんぎしゅう》ヨリ二十里デモ三十里デモ此ノ橇デ食料デモ材料デモ運搬シマス　一時間約三里位走リマス　左方ニ見エル部落ハ長甸河口《ちょうでんかこう》ノ部落デ右方ノ山ガ昨年測量シタ所デ銭通ハ此ノ山ヲ隧道《すいどう》デ抜ケテ居マス」と裏書してあり、父の直筆の文字を見るのも初めてのことで、私には父の形見に思えた。結氷した鴨緑江で、満人が漕ぐ橇に乗った父が写っていた。父、茂夫二十七歳の姿である。自分の脚で同じ場所に立った時、時間を越えて父が私に何を語ってくれるのか、親子の絆を感じることが出来るだろうか、様々な思いを抱いて父の姿を追うことにした。

写真２　大学生時代の父・茂夫

私の父、諸住茂夫《もろずみしげお》は明治四十四年（一九一〇年）十月九日、北海道小樽市で生まれ、旧制札幌一中（現＝札幌南高校）から日大専門工科を卒業し間組（現＝安藤・間）に入社、昭和十年（一九三五年）五月に二十四歳で満州に渡り、昭和二十年五月現地応召されるまで、奉天《ほうてん》（現＝瀋陽《しんよう》）を皮切りに約十年間、吉林省や安東省を中心に土木工事に従事したが、その中で最も大きな工事が世界に誇る鴨緑江上流の水豊《すいほう》発電所だった（写真２）。

２　六十六年ぶりの安東再訪

長甸河口（現在＝同）は丹東市から遡ること約四〇キロにある鴨緑江流域の部落である。

平成二十四年（二〇一二年）七月末、私は出生地であり父が仕事をしていた安東を北京経由で訪問した。六十六年ぶりである。安東は夏真っ盛りで蒸し暑く、中朝国境を流れる鴨緑江は、大雨の影響で水位は上り、水は濁っていたが、河岸で水遊びする親子連れや水泳を楽しむ市民で溢れ、平和な風景を目の当たりにした（写真3・4）。

安東再訪にあたって、満州国時代の安東市の地図を探したが、容易に見つからなかった。大連や新京（現＝長春《しょうしゅん》）奉天（現＝瀋陽）は簡単に手に入るのに、安東市街地図は東京の国立国会図書館にしかなく、特別書類扱いで許可を得て、地図をコピーし手に入れた（写真5）。

写真3・4　鴨緑江河畔風景＝2012年8月13日

安東の街は旧南満州鉄道（満鉄）の安東駅を挟んで条里制に基づく道路整備をし、東側が官公庁や会社、商店が立ち並ぶビジネス街、西側が満鉄社宅や一般住宅街で、一目で日本人中心の市街であることがわかる。現在の地図を重ねれば、旧住所と新住所が符合

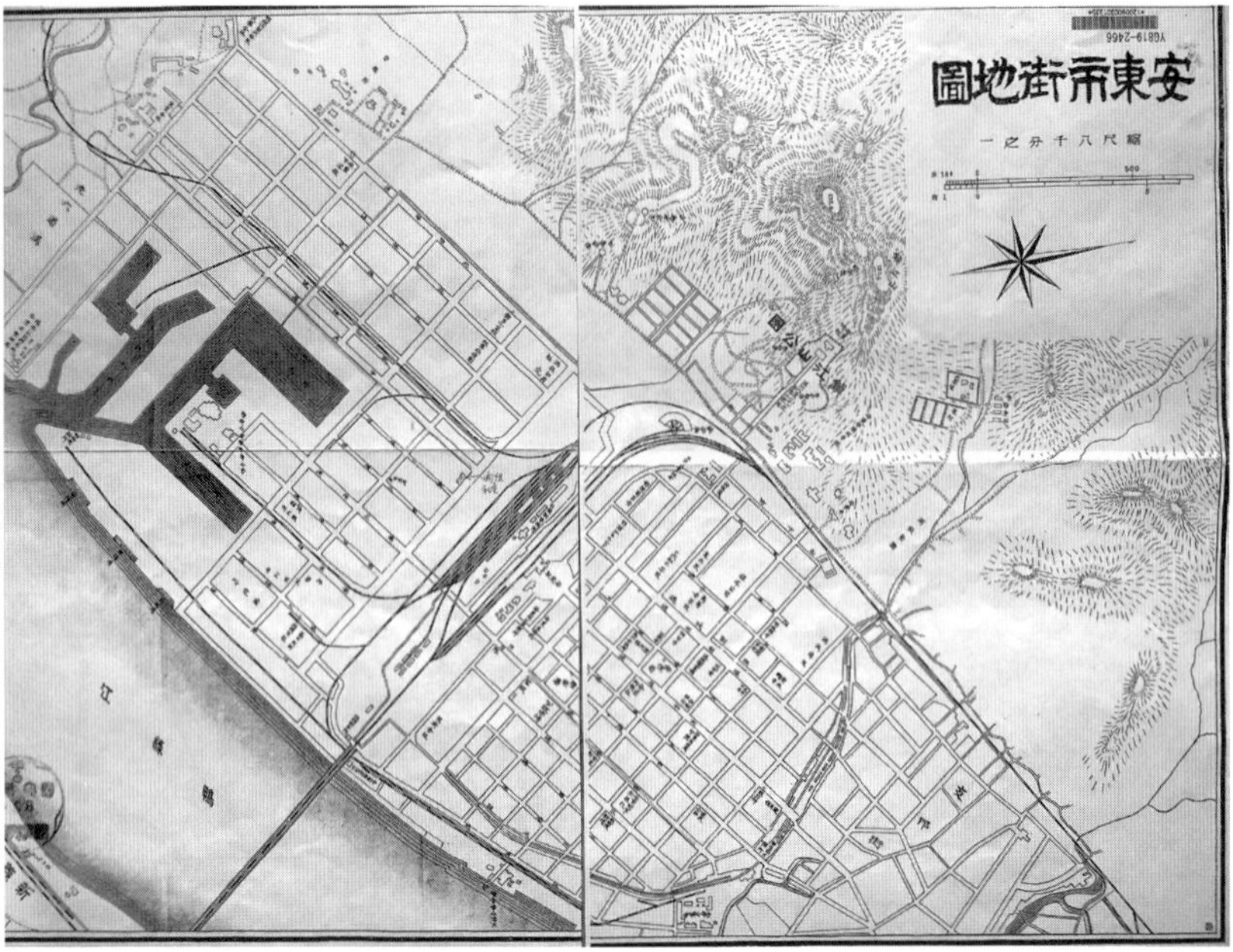

写真５　安東市街地図

出来る。

　私は貴重な地図を手にして、七月二十八日午後二時過ぎ丹東空港に到着した。空港には丹東市業余体育学校の郭玉利《カクギョクリ》校長と華建国《カケンコク》副校長が出迎えてくれた。三日間世話になる二人とは初対面だったが、太極拳を通して知り合った四十年来の友人である李友林《リユウリン》氏が手配してくれていた。私は空港の観光案内所ですぐに市街地図を求めた。

　私の戸籍謄本には「昭和拾八年五月拾日満州国安東省安東市旭日区中央通第四十号ノ二デ出生」と記されている。どんな所なのだろう。一刻も早く行きたくなり、鴨緑江大橋のすぐそばのホテル（中聯大酒店）に荷物を置くのももどかしく、二人に出生地と間組の安東出張所があったと思われるところへ案内してもらった。丹東駅西側は今も住宅地区（写真6・7）で、近代的な高層アパート群と商業ビルが立ち並び、多くの車が行き交うなど、六十六年前の面影は全くない。当時二階建てだった日本人の住宅は取り壊され、中国人用のアパートが建ち、それも老朽化して更に高層のアパートに建て替えられていた。番地は推測する以外になく、私が住んでいた間組の社宅や安東出張所の位置までは特定できなかった。

母が生前「鴨緑江大橋を渡って朝鮮の新義州《しんぎしゅう》に買い物に行った」と話していたのを思い出し、翌朝早く起きて中央通（現＝振五街、実は後日分かったことだがこの角地こそ私が住んでいた社宅の所だった）角地から鴨緑江大橋までゆっくり歩いてみた。時間にして十五分程度で楽な距離だが、どうしても自分の小さい頃のイメージが全く湧いてこない。家の前や安東市内の公園での家族写真があるはずなのに、母は一枚も持ち帰ることが出来なかった。安東は現在

写真６・７　丹東商業地区＝2012年8月13日

外国人にも開放されているが、戦前の満州時代の安東に関する情報を、出来るだけ収集するなど予備知識を十分に持たずに訪問したことを悔やんだ。

3　遂に父親と同じ地に立つ

長甸河口は鴨緑江断橋前のホテルから鴨緑江沿いに約四〇キロ北上したところにあり、車で一時間余、対岸の北朝鮮は僅か数百メートルの距離だ。周囲を見回すと緑濃い小高い山が広がり、田舎の風景であったが、最近の中国を象徴するように広場には観光客向けのレストランや駐車場が整備され、河岸には鴨緑江をクルーズする小型の観光船が係留されていた。しかし正式にオープンしてないせいか、観光客の姿はまばらだった。

日本から持参した写真を取り出し、先ずは周囲の山々と河岸に写っている民家は何処か探した。川沿いにある昔ながらの煉瓦造りの民家が数棟並んで建っていて、すぐに凡《およ》その見当がついた。民家の庭先には「郷土料理」の幟旗《のぼりばた》が立ち、私達が近づくと丁度その建物から老婦人が出て来た。案内の方が「この人は日本人です」と私を紹介してくれ、私が中国語で「いつからここに住んでいるのですか？」と聞いたところ、七十歳以上と見える老婦人は「自分は生まれてからずっとここに住んでい

写真８　父が測量した長甸河口集落
＝1939年1月4日、茂夫（前列左）

写真９　現在の長甸河口集落

る」と答え、案内の中国人は「写真に写っている部落の民家はここに違いない」と断定してくれた（写真8・9）。

父親が橇《そり》に乗っている写真の場所は、一月であったので零下二十度以下にもなることがあり厚さ六〇㌢もある氷で覆われているが、七月の今は昔と同様で鴨緑江は大雨の影響で茶色っぽく濁っていた。全く同じ場所に立つことは出来なかったが、唯一残された写真の場所が、こんなに簡単に見つかるなんて想定外だった。「やっと父と共通の場に自分が立てた、長年の夢がかなった」と案内の二人にお礼を言って、〝橇に乗った父親の写真〟を手に万感の思いで、記念写真を撮った（写真10）。

鴨緑江は中国と北朝鮮との国境線でもある。川沿いには中国側が作ったフェンスが延々と続いている。見張りの兵士がいるわけでなく、緊張感は全くない。所々に屋台の土産物店があり、北朝鮮の紙幣（コピー）と貨幣をセットにした商品を売っていた（写真11）。閉鎖国家の北朝鮮に接する地域は重要な観光資源となっており、「鴨緑江断橋」と万里の長城（総延長八八五一・八キロ）の最東端「虎山長城」（二〇〇九年四月認定）がその双璧である。

鴨緑江を挟んで丹東と新義州の間には二本の鉄橋が架かっている。竣工は古い方が明治四十四年（一九一一年）十月、新しい方が昭和十九年（一九四四年）。先端が切断されているのは河口に近い

写真 10　写真を手に長甸河口に立つ筆者
＝ 2012 年 8 月 13 日

写真 11　鴨緑江沿いの土産物屋台
＝ 2012 年 8 月 13 日

写真 12　鴨緑江鉄道大橋左は使用中、
右側は断橋＝ 2015 年 10 月 4 日

古い方の橋で、いずれも架橋工事は間組（現＝安藤・間）が請負った。隣接して上流側にある新しい橋の工事に父が関わっていたのではないだろうか。古い方の橋は全長九四四メートルの単線鉄道橋で、鉄道の両側には歩道が併設されている（写真12）。

鉄橋架設の計画は日露戦争開始と同時に日本側からもち上がり、中国側の承認なしに工事に着手し、僅か二年二ヶ月で完成させた。大陸に将兵や軍事物資を送るためであった。しかし、朝鮮戦争で米軍の爆撃により、中央部分から朝鮮側の架橋は破壊され、修復工事はしないまま、「鴨緑江断橋」（写真13・14）として現在は内外の観光客に開放され、塗装も行き届き色鮮やかだ。観光客は入場料を払えば断橋の所まで歩いて行けるし、生々しい爆撃のあとをバックに記

写真 13　観光客で賑う鴨緑江断橋

写真 14　朝鮮戦争で破壊されたままの断橋

念写真を撮ったり、観光船に乗って北朝鮮側を間近に覗き見している。江岸の広場は公園化され、太極拳や軽スポーツを多くの市民が楽しんでいた。一方、対岸の北朝鮮の新義州は、鬱蒼と生い茂った樹木の向こうに見える大観覧車は止まったままで、人影は見えず活気は全く感じられなかった。夜は中国側がイルミネーションで華やかなのに、北朝鮮側は真っ暗闇で閉ざされた国家を象徴していた。

私を案内してくれた業余体育学校の郭さんは、「私は毎朝仕事に出る前、友人と一緒に鴨緑江で水泳を楽しんでいる。向こう岸の人なら命懸けでしょうけどね」と言い、中国は自由の国だと言わんばかりに自慢していた。

第2章　父と間組と満州国

1　間組の大陸進出と満鉄（＝南満州鉄道）

父の勤めていた間組《はざまぐみ》は、土佐藩の士族の子弟だった間猛馬《たけま》が、明治二十二年（一八八九年）四月、九州門司に創立した。創業最初の請負工事は、九州鉄道株式会社（現＝ＪＲ九州）の門司機関車庫で、中央大手の大倉土木組（現＝大成建設）の支援を得て、土木建築請負業としての信用を高め、九州で多くの鉄道工事を請負った。その後、日清戦争（明治二十七年〔一八九四年〕）日露戦争（明治三十六年〔一九〇三年〕）を契機に、日本が朝鮮半島から大陸に進出する際、鉄道工事が国策であったことから、軍の速成工事の戦列に加わった。明治三十六年（一九〇三年）の韓国の京釜《けいふ》鉄道（京城～釜山）の一部工事請負が大陸進出第一歩で、父が生まれる八年前のことである。明治三十九年（一九〇六年）の半官半民の国策会社、南満州鉄道（＝満鉄）創立、昭和七年の満州国建国が大きな

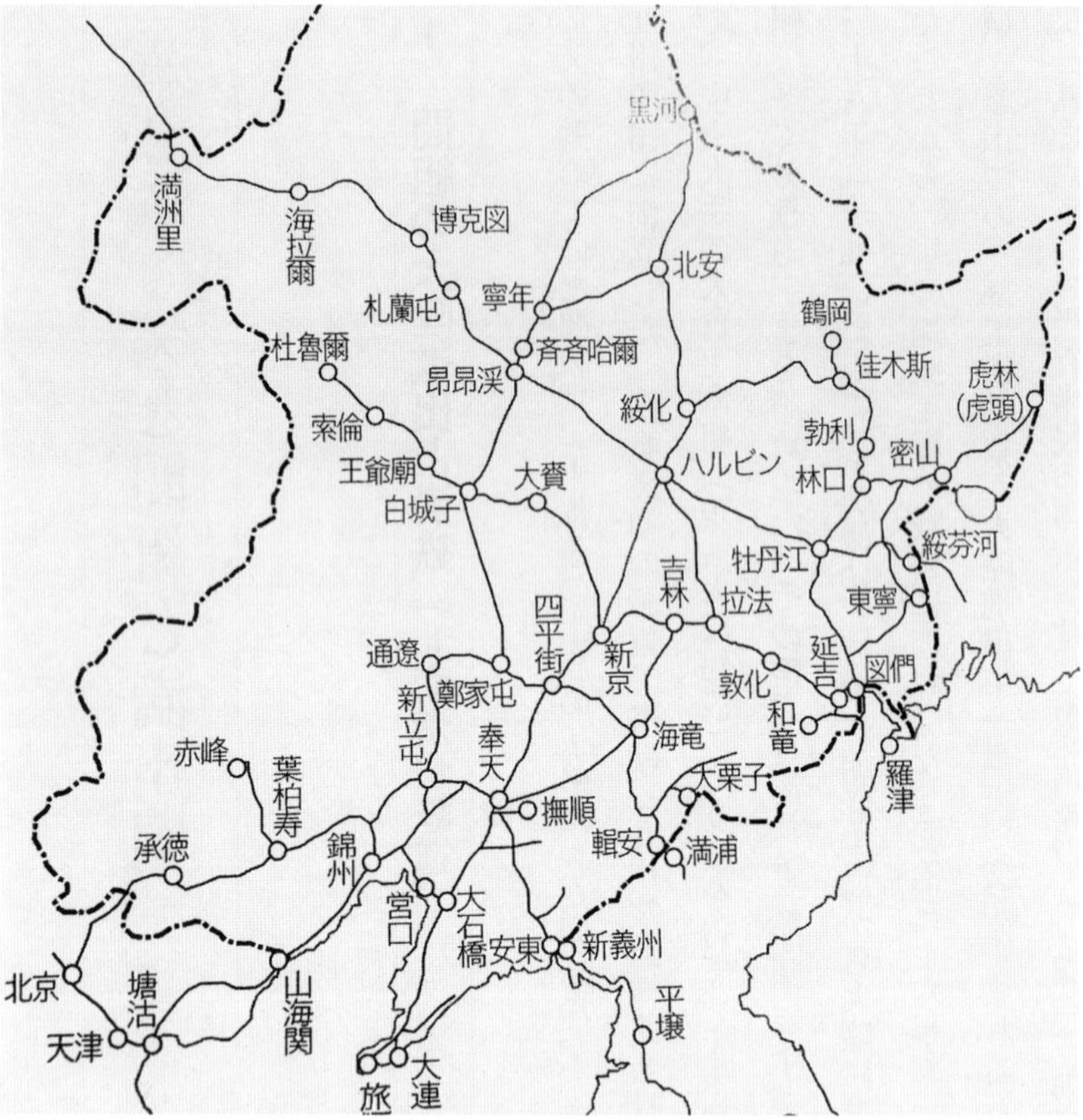

写真 15　旧満州概略図（満鉄線を中心に）

節目となって満鉄と共に満州国に大きく関わっていく（写真15）。

父がすでに間組に入社していた昭和六年（一九三一年）満州事変が勃発し、翌昭和七年（一九三二年）満州国建国宣言、新国都を新京（現＝長春）に定め、元首には清国最後の皇帝溥儀《ふぎ》が就任した。

日本政府は満州国の新国家承認を巡って欧米諸国と対立し、昭和八年三月国際連盟を脱退した。これを契機に日本は国際的孤立の道を歩み出す。

2　満州国と盛衰を共にした父の満州生活

満州国建国は日本の悲惨な大東亜戦争敗戦の幕開けでもあったし、その十三年五ケ月の満州国の歴史は、私の父親の満州での十年間の生活と重なる。父・茂夫はなぜ土木工学を専攻し満州に渡ることになったのか、曾祖父（源六）の代まで遡ってみた。江戸末期に生まれた源六は三十八歳の頃、明治二十三年（一八九〇年）北海道に鉄道が敷設されるにあたり、東京職工学校（東京工業大学の前身、東京高等工業学校のさらなる前身）の職を辞して小樽の鉄道工場に勤務した。その長男で祖父の常吉《つねきち》（明治十四年〔一八八一年〕生まれ）は国鉄北海道の技術者として定年まで勤めた。常吉の長男である私の父はその技術者魂を引継いだのだ。大陸で大きな仕事をするのが夢だったのではないか。二十四歳の父は昭和十年（一九三五年）五月、社命を受け、大工事が待ち受ける新世界を目指すことになり、満州の奉天（現＝瀋陽）に渡った。

この頃から、日本、朝鮮及び満州の新聞には「鮮満一如《せんまんいちにょ》」「日満一体《にちまんいったい》」の文字が多くみられるようになる。政府は国際的批判を受けながらも、なりふり構わず資源確保と食糧基地化のため満州を日本国化しようとした。駐満軍司令官大使として新京にあった南次郎朝鮮総督は、《満州移民計画》《豆満

写真16　建設中の水豊発電所正面 = 1941年9月

鴨緑両江の十四架橋》《鴨緑江水力電気准協定》など、鮮満一如の具体的目標を掲げ、「朝鮮は満州国に接する第一線であり、国防の見地より考えれば作戦用兵の上からも、資源、交通上からも絶対不可分の立場を意識し、『鮮満一如』の精神で『日満一体』の推進力たらしめねばならぬ」と述べた。

満州国は日本の支えなしには成立、存続しえない国家であり、実質的に満鉄を枢軸とした国土建設をしていった。満鉄の業務は国策である満州経済開発の使命で、全満州鉄道経営を基幹として行なわれることになった。特に軍事的使命の達成を求められた国防鉄道として新線の建設のスピードは、日本鉄道史上稀にみる速さであった。満鉄の特殊性を色濃くしていく鉄道会社でありながら満州の国防をも担い、匪賊《ひぞく》の襲撃を受けて死亡した社員は〝戦死〟扱いとなり、靖国神社に合祀《ごうし》された。

その満鉄の周囲には、いわゆる特殊会社といわれる重化学工業、電力、土木建設業、鉱業などがあり、国家建設の推進力となっていた。父は勤めていた間組の技術者として、満州国の国家事業である満鉄線工事や吉林人造石油の工場建設、世界最大の堰堤《えんてい》を誇る水豊発電所建設工事などに関わった。これら工事は戦前の日本の工事史上に燦然と輝く大土木事業であった（写真16）。

3　鮮満一如と日満一体

日本政府は食糧供給基地、農村の過剰人口解消や農民の貧困対策として、またソ連国境警備の一翼を担わせるため中国東北部の満蒙地区に農業移民団を送り込むことにし、昭和十一年八月、二十年間で百万世帯五百万人を満州に移住させる「満州開拓移民推進計画」を決定し、満拓公社を設立した。日本と満州それに朝鮮が一体という「鮮満一如」「日満一体」を唱え、大陸政策を進めていったが、それまでが日清戦争、日露戦争、満州事変、日支事変と平和的手段によらない大陸進出であったことから、「五族協和」は地元に受け入れられず、「王道楽土」のスローガンは日本人だけのものであり、大東亜戦争に入ってからは破滅への道を突き進むことになった。

満州国は五族協和を建前としていたので、満州人・支那人（中国人）・蒙古人・朝鮮人・日本人は平等であるはずだが、日本人は一等国民、朝鮮人は二等国民、満州人・支那人は三等国民として民族差別は歴然としていた。列車には一・二・三等があったが、一・二等は主として日本人が利用し、三等はその他の民族が乗客であった。小学校も日本人は小学校（昭和十六年から在満国民学校）、朝鮮人は普通学校、満州人は公学堂と別々に教育された。また、住宅地も日本人街と満州人街（支那人街）は区分けされ、安東でも同様であった。安東の街は「安東駅」をはさんで東西に日本人街があり、その東側に支那人街があり、日本人と中国人が同じ街区に一緒に住む形にはなってなかった。五族協和は単なるスローガンに過ぎなかった。満州在住の日本人は、民族差別があることを感じながらも当然のこととして、日常生活を送っていたのである。

4 定期預金証書と国債

昭和十一年一月から昭和十二年六月までの一年半の間に発行した父名義の満州国郵政総局発行の「郵政定額儲金證書」（写真17）六枚が、我が家に残されている。母親が満州から隠して持ち帰ったもので総額四四〇円。十年間定期で、利息は年四・五％、奉天・瀋陽局発行印があり、「諸住茂夫先生」と購入者の名前が手書きで記され、いずれもボーナス時期に購入している。

昭和十一年当時の都市生活者の給料は平均百円程度であった。十年後の終戦当時の父の本俸は一二五円である。満州の同業の建設大手（大連大林組）の給与を参考にすると、様々な手当てが本俸の二倍強支給されていたことから、我が家はかなり裕福な方であったといえる。それでも何故この時期に多額の定期預金をしたのか。

日本政府は「満州事件費」として、誕生まもない満州国の財政を補うため巨額の経費を負担し満州国の国家予算を補っていた。

当時四千万人の満州国民を統治するためには様々なインフラ整備に資金を必要とした。更に鉄道を買収したり接収したりしたため、満州国の財政は窮迫していた。日本政府のバックアップ以外にも満州国独自の財源をみつける必要があった。

写真17　満州国の定期預金証書

昭和十年度から十一年度にかけては、未だ満州国国債は発行されておらず、市場から資金を吸収する手段として国民に郵便局の定期預金を奨励していた。歳入予算の内「郵政」だけをみると、昭和十一年度から十三年度にかけて毎年倍増しており、国民に対して「貯蓄」による国策への協力を強く呼びかけていた。

私の母は博多港に上陸する時、郵便定期貯金証書は隠して出さなかったが、満州国債は押収された。私はこのことを母から聞いており、たまたま平成十九年（二〇〇七年）七月、海の記念日イベントで、

「海外引揚者の預かり品」のコーナーにいた門司税関の職員が、興味深くみつめていた私に「引揚者ですか？　お預かりした物は保管しています」というので、所定の返還続きをしたところ、博多港上陸の時に押収された（満州国）国債七百圓（五枚）は、横浜税関に保管されていることが判り、母親のもとに六十年ぶりに無事戻ってきたが、価値はゼロである。それは昭和十六年（一九四一年）から昭和十九年（一九四四年）にかけて発行したものであった。これらの国家の公債証書の発行年をみると、当時、日本の戦時経済の進展により、満州公債は日本の設備投資資金と競合して日本国内では消化不良となり、そのうえ日本の貯蓄銀行が満州公債を引き受けるという法案が成立しなかった。このため満州国幣での調達が余儀なくされたのである。国策会社である満鉄の特殊会社であった間組は、社を挙げて満州国国債を購入したのであった。父が多額の満州国国債を購入した理由にはこのような背景があったのである。

5　国民精神総動員と満州国国家総動員法

昭和十三年二月十二日付の大阪毎日満州版は、「紀元節の十一日、安東は四温日和《しおんびより》の快晴で戸毎に国旗がはためき、各学校、銀行、会社はそれぞれ拝賀式を挙行、安東神社前で国民精神強調週間のため市民約一万人が参集して厳かに宣誓式を挙行」と伝えている。同年二月二十七日には「満州国国家総動員法」が公布された。日本の同法と大差ないが、満州国の特異性を加味している。

政府は戦費確保のため貯蓄を奨励し、各会社や隣組を通じて半ば強制的に国債購入の割当をする一方、国家総動員の際における金融、資金面の統制を一段と強化した。

即ち「公債の保有もしくは積立金の増加につき必要なる命令をなしまたは預金の引出しもしくは有価証券の売買につき制限もしくは禁止をなすことを得」などの特別の規定がある。

わが家に当てはめると、定期郵便貯金四四〇円は勝手に引き出せませんよ！　国債七〇〇円はもう勝手に売れませんよ！　ということになる。国民の金融資産を、国家が自由自在に取り上げられるよう合法化したのである。

6　高度成長下の両親の結婚

満州に渡って四年目の昭和十四年、父は二十八歳、間組の現場の中堅となっていた。水豊ダム工事現場では匪賊《ひぞく》の襲撃にも備えて、他の社員同様に護身用として拳銃を持たされていた。一月結氷した鴨緑江上で写真に撮った頃の満州は、大陸長期建設の国策が各方面に浸透していた時代で、経済成長が著しく、満鉄が社員採用二万人と発表し、「儲かる国満州へ！」「満鉄一万キロ完成」「満鉄自動車路線十万キロ目標」「光輝ある満州帝国」など、社会的に明るいムードが支配的で、高度成長期を迎えていた。満州の玄関口・安東の土木建設は活況を呈し、二年前に始まった鴨緑江上流の水豊ダムは建設佳境に入り、鴨緑江河口の新安東港（＝大東港）築港の着工の他、満州軽金属の

写真 18　両親結婚式 ＝ 1940 年 6 月

写真 19　両親の結婚式親族集合写真（札幌）

工場の建設などで、急速に工業都市に変貌しつつあり人口も急増していた。

また満蒙開拓のための移民は順調に進み、開拓地は「産《う》めよ殖《ふ》やせよ地に満てよ」のスローガンに応えるべく、出生率は内地（＝日本国内）を上回り、満州移民二十年目には、日本人は一千万人に達することは確定的と楽観的な見方が当時の新聞紙面を賑わしていた。しかし、満州では開拓地や都市部を問わず若者の結婚問題は深刻で、日本の行政機関は結婚斡旋や大陸花嫁志願者を大々的に募集し各種訓練を行なうなど大忙しだった。「〝満州にも立派な花嫁〟興亜青年へ斡旋します、今からでも遅くない　敷島《しきしま》高女若葉会起つ」（昭和十四年十月十四日　大阪毎日満州版）の見出しは、新京の敷島高等女学校の校内に結婚媒介所を設置し、校長以下全職員が結婚斡旋に乗り出したことを報じている。

敷島高等女学校の校長は、「東亜新秩序建設に協力し、満州の土になろうとする青年諸君に是非満州生活に深い認識と体験を持つこちらの女性を配偶者にすすめたい」と国策を推進すべく張り切っていたが、内地出身男性の多くは結婚相手を満州ではなく、内地の女性を求めていたようだ。父も実姉の紹介で内地にいた母と見合いをした。母は当時の父の印象を、「真面目な性格で、背が高く格好良かった。学生時代はサッカーをしていた」と後年私達に話している。昭和十五年春、札幌で結婚式を挙げた。父、茂夫二十八歳、母、井上君子《きみこ》二十二歳だった（写真18・19）。長男、直保《なおやす》は一年後の昭和十六年十月、そして三年後の昭和十八年五月に私、昌弘《まさひろ》、五年後の昭和二十年終戦直前の六月に長女、和子《かずこ》が生まれている。

7　満州にも忍びよる戦争の影

高度成長期の満州国でも、辺境の地から、戦争の暗い影が忍び寄っていた。昭和十四年五月、モンゴル人民共和国の国境ノモンハンで軍事衝突が発生し、日本の関東軍はソ連の機甲部隊によって壊滅的な打撃を受け、四ヶ月後休戦協定が成立するまで、日ソ双方に二万人以上の死傷者が出ていた。ところが当時の新聞報道は、「皇軍陸軍創建以来の大機械化戦に凱歌、蒙古高原を圧する皇軍大進軍譜」（昭和十四年七月十五日大阪毎日満州版）と戦争の実態とはかけ離れた内容となっている。すでに軍部はメディアをコントロールしていた。

この後、満州国は防衛令を宣告し、新聞、雑誌、文書図書の発行または発売頒布《はんぷ》などを制限し、国民の知る権利を制限するメディア規制を強化し、国家の広報機関とした。そして、官民一体となった防衛期成同盟会を各都市に発足させ、資材資金の献納運動を開始した。資材とは高射機関砲、照空燈、実弾、兵器格納庫等の軍装備品で、この献納運動は間断なく日本の敗戦直前まで続くことになる。

昭和十五年の年明けとともに満州国は軍事色が一挙に強くなる、四月「軍隊教育令」を公布、続いて国民に兵役義務を規定する「国兵法」を施行、新徴兵制度の円滑な遂行のため民籍簿や国籍法作成、十月の国勢調査の実施などこれらの法整備により、満州国軍は国内警備軍的地位から文字通り関東軍の一翼として国防を担当することになる。昭和十五年後半になると官公庁や会社には石炭・ガソリンの節約、民衆には消費生活に干渉し、安東でも料理店、特殊飲食店、喫茶店、飲食店、遊技場、映画館に重点を置いた様々な制限、規制を行なった。

8　日満一体不可分と共同防衛

昭和十六年元旦の大阪毎日満州版のトップ記事に、「今年の満州国の針路はひたすら日本を盟主と仰ぐ東亜新秩序建設の大使命への協力を中心に一路邁進するにある」とあり、建国十年を迎えた満州は、日満一体不可分および共同防衛の本義に則《のっと》りいち早く日本と協力する態度を表明し、「第一は食糧基地として、第二は鉄、石炭および非鉄金属の増産、第三は日本への依存度を極力軽減すること」の三指標に向かって戦争経済へこれまで以上に積極協力することになる。

国家機密の漏洩防止のためとして「国防保安法」「国防資源秘密保護法」の公布、思想犯取締強化のためとして新たに「治安維持法」を制定し、国民の自由な言論＝政府への批判を封殺して国家総力戦体制を一段と強化していく。この年の十月、兄・直保が誕生するが、初孫に会うため祖父母が札幌から吉林まで三、五〇〇キロ以上の旅をし、十二月八日の太平洋戦争開戦直前に日本に戻っている。「もし両親の帰国が開戦後なら札幌に無事帰り着くまで心配でならなかったと思うけど、その前に帰ってホッとした」と私達に母は語っている。

翌昭和十七年から十八年にかけては、満州においても南方戦線での戦果が派手に大本営発表され、日本政府と軍部の満州への関心は次第に薄らぐ一方、日満一体となった愛国機（航空機）の献納競争や〝浄財〟献金集めの他、一般大衆の〝遊資〟吸収と儲畜《ちょちく》思想普及のためという露骨な表現での富国債券法を制定、額面五円の少額債券発行でなりふり構わぬ戦争資金の回収が活発となる。

9　国民生活への国家の干渉

そして一般国民の消費生活は、米を主食とせずその土地の産物（満州では大豆、高粱《こうりゃん》など）を加えた混合食とする「米穀消費規制」を行なったのを始め、安東市内の学校でも修学旅行を廃止して兵舎へ短期入営、揃いの国防シャツでの勤務、青年学徒制服制帽については、国防色角帽を廃止して戦闘帽とし、洋服生地やボタンに至るまで細かく規制した。

そして「国民勤労奉公法」と「学生勤労奉公法」が公布され、戦争のため、労働力を無償提供する法体制を政府は確立した。

「人的資源も百%活用して無駄を排除しなければならぬ、一人の浮浪者、一人の病人もおろそかに出来ぬ」と国民総動員の決戦調が顕著となる。現在では人権侵害、差別だと騒がれそうな表現が新聞紙上に現れる。

「(浮浪者や病人を対象とし)人的資源の廃品に近いものを更生させ産業戦士として社会に送り出してゐる、ボロ切れが次の出口から立派な洋服地となって出てくる更生工場(=奉天市立済世院)、いままで街のゴミとして蹴散らされてゐた乞食、浮浪者が生産部門の一員として活躍してゐることは大きな人的廃品の回収といへよう」(原文のまま。昭和十七年十二月二十七日大阪毎日大東亜版)

戦争体制になると人権などは吹っ飛んでしまい、人間がモノ扱いになるのだ。

10　国民服姿の家族集合写真

昭和十八年十二月三日、北海道から会いにきた祖父母と安東の写真館で一家揃って写真を撮った(写真20)。祖父母は北海道札幌から列車を乗り継ぎ朝鮮海峡を関釜《かんぷ》連絡船(所要時間七時間四十分)で渡り、それから朝鮮鉄道で釜山から京城(現=ソウル)を経由して新義州から安東入り(所要時間一七時間三五分)している。前年の昭和十七年十一月から、政府は陸運非常時体制をとり、百キロ以上

写真20　家族集合写真 ＝1944年

の旅行には旅行証明が必要で国鉄の乗車制限を実施していたのに、二人の孫に会うため五日間も要する海路を含めると三千キロの旅であった。一般国民は旅行制限を受けていたのに、長旅を可能にしたのは祖父が国鉄職員であったからである。その頃の満州では食糧が配給制になっていたものの、未だ比較的平穏で、社宅の我が家には満人のお手伝いさんが毎日来ていて、一般市民は日本が負けるなど思ってなかったと母は後日話している。それでも戦時色は次第に濃くなってきた。

写真には私と兄、両親、父方の祖父母が写っていて、男は丸刈りで、背広ではなく国民服姿だ。理由は同年六月四日に「戦時衣生活簡素化実施要綱」が閣議決定されていたからである。

要綱には「男子洋服ノ新規仕立ハ之ヲ国民服乙号又ハ之ニ準ズルモノニ限定スルコト但シ茶褐色以外ノ生地ニ依ル仕立ヲモ認ムルコト」とあり、父と祖父の服装は昭和十五年に定められた日本国民男子の標準服の〝国民服乙号〟で、法的に措置が取られた服装で、国家総力戦にあって軍服に容易に転換できるものであった。当然、二歳の兄、一歳未満の私も簡素な服装をしている。政府と大日本婦人会、被服協会、大日本国民服協会が緊密に連携して強力かつ活発な国民運動を展開していたので、例外は許されなかった。

第3章　言論統制で国家破滅の総特攻体制

（＊新聞記事は原文のまま）

1　言論統制と失われた報道の自由

新聞、出版、放送などメディアに対する言論統制は一九三一年（昭和六年）の満州事変、一九三七年（昭和十二年）の日中戦争、一九四一年（昭和十六年）の太平洋戦争と戦争拡大につれて強まっていった。中国・奉天郊外の柳条湖で勃発した満州事変で、「暴戻《ぼうれい》なる中国軍が満鉄線を爆破、日本の鉄道守備隊との戦闘始まる」と新聞各紙は伝えた。関東軍が謀略によって満鉄線を爆破したことが明らかになるのは戦後のことだ。次々と戦線を拡大していく関東軍の動きを新聞は華々しく伝えた。日中戦争前の言論統制の法的根拠は、明治以来の「新聞紙法」と「出版法」だった。内務省や検事局、警視庁検閲課、府県特高課等はこれに基づいて新聞等の検閲を行ない、発売禁止等の措置を取ることが出来た。日中戦争が始まると、政府は軍機保護法によって規制を強化し、一九三八年（昭和十三年）

に制定された国家総動員法によって、各メディアは事実上、政府・軍部の下部組織に組み込まれた。用紙統制法がその強力な道具となった。一九四〇年（昭和十五年）五月から用紙の割当は内閣直轄となり、全国に約七四〇紙あった日刊紙は「悪徳不良紙の整理」等を理由に、一九四一年（昭和十六年）には一〇八紙にまで減らされた。同年九月以降は「一県一紙」方針に基づいて五十四紙にまで減った。一方、政府は一九三〇年代半ばから「新聞操縦」や世論操作を一元的に担う国家情報宣伝機関の創設に乗り出し、一九三七年（昭和十二年）九月に「内閣情報部」を設置、国民精神総動員運動を推進した。一九四〇年（昭和十五年）十二月には「情報局」が発足、国家報道・宣伝の一元的統制を行なった。ラジオは一九二六年（昭和元年）に社団法人日本放送協会が発足して国策メディアとなり、一九三六年（昭和十一年）に設立された「同盟通信社」は、後に情報局や軍部などの直接支配を受けるようになる。雑誌、書籍なども「日本出版文化協会」に一元化され、ニュース映画は、国策機関「社団法人日本ニュース映画」ですべて制作されることになった。太平洋戦争が開戦して以降、報道の自由はほぼ完全に失われことになった。日米開戦を機に情報局は、戦争報道について「大本営の許可したるもの以外一切掲載禁止」と発表。新聞事業を廃止できる権限を定めた国家総動員法に基づく新聞事業令も発令された。公式発表に疑問があっても独自の記事を掲載するには、廃刊の覚悟が必要になった。新聞は言論機関としての使命を忘れ、国の宣伝機関と化していく（「検証戦争責任」読売新聞戦争責任検証委員会）。

2　戦争礼賛の新聞

新聞は必ずしも「統制に嫌々協力させられた」わけではなく、積極的に戦争推進に回った一面もある（写真21）。

「〃戦死したら赤飯〃莞爾《かんじ》と征《い》った郷土勇士」これは新聞の見出しである。アッツ島で玉砕した兵士の生家を記者が取材したもので、「『よく死んでくれた』と語った父、『あの子は戦死したら赤飯で祝ってくれと遺言しましたよ』とほほ笑む母、『兄さんの仇は僕が討つ』と誓った弟、この遺族あったればこそ勇士は安んじて国に殉じた……〃日本の家〃の温かさに今更ながら感じ入った」と記事にある（昭和十八年十一月六日付毎日満州版）。これを目にした家族の心境はどうだったのか。私には家族の悔しさが目に浮かぶ。そして戦争になると新聞記者でも自由に記事が書けなくなる典型例である。

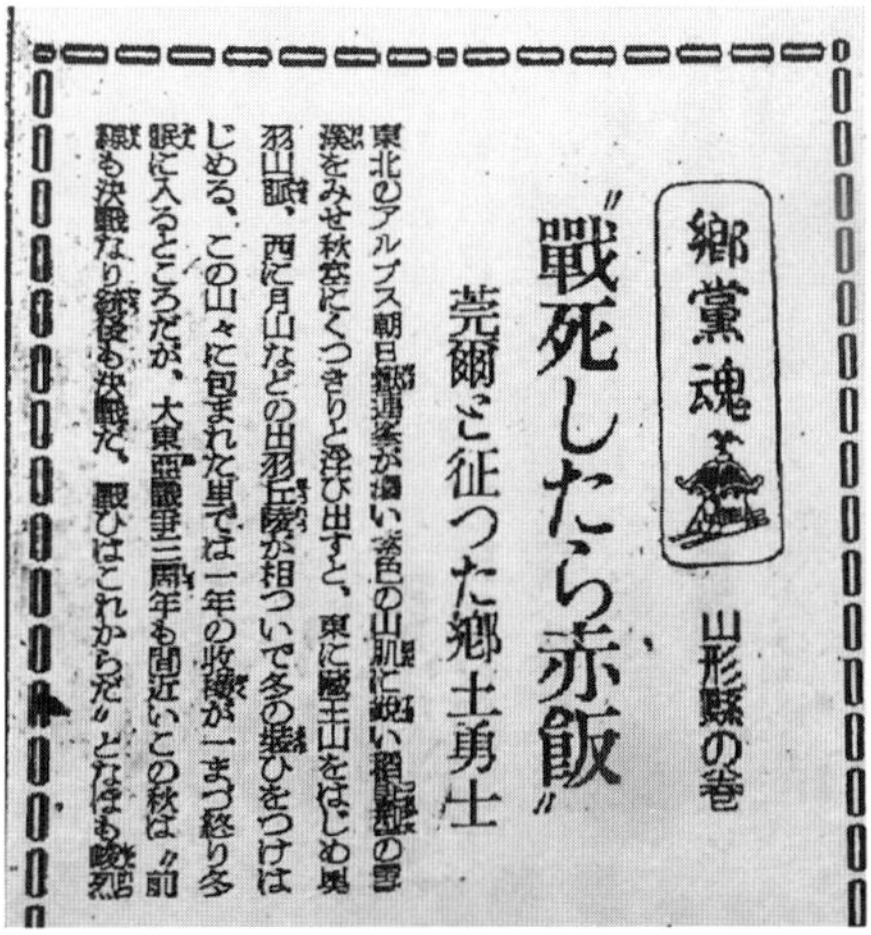
郷黨魂　山形縣の巻

〃戰死したら赤飯〃

莞爾と征つた郷土勇士

東北のアルプス朝日連峯が濃い紫色の山肌に鋭い稜線の雪渓をみせ秋空にくつきりと浮び出すと、東に藏王山をはじめ奥羽山脈、西に月山などの出羽丘陵が相ついで冬の装ひをつけはじめる、この山々に包まれた里では一年の收穫が一まづ終り冬眠に入るところだが、大東亞戰爭二周年も間近いこの秋は〃前線も決戰なり銃後も決戰だ、戰ひはこれからだ〃とはも峻烈

写真21　戦死したら赤飯　＝昭和18年11月6日毎日満州版

昭和十九年を迎えると思想戦で国内の体制固めが本

眞に『戰ひ』へ徹底
積極の大道に敵を撃摧
吉川英治

戰ひは歴史における最大の積極面である。人生においても國家においてもこれ程の積極的大事はあり得まい。しかも果してこの簡單な事實が各自の身について認識され行動され政治されてゐるであらうか。即ち積極の大道を血みどろになつて歩いてゐながら、その心はともすれば消極化せんとする傾向をすべての分野にわたつて冷靜に反省すべきである。戰爭に消極なし。敵の近接をみるときわれわれは日本民族の栄光をいただきて「積極の大道」を濶歩しようではないか。

作戰上の轉進でも一生活の轉進においても三度の飯を二度にしても、これによつて積極の大道を寔々と踏みしめて行く激しい確信

□4八銀2■6二銀14
持時間 各九時間
指手 十四手
消費時間 花田 二十二分 坂口 三十二分
（准決勝三ノ二）

両居飛車、相腰り型の推移には相違ないが、坂口八段が6二銀の

写真22　真に戦ひへ徹底　吉川英治
＝昭和19年2月8日

格化する。小説家、評論家、画家など有名文化人を動員して決戦体制を強化する。

それは開戦後半年もしない昭和十七年六月初旬、日本の戦力が優勢であったミッドウェー海戦で米軍に敗北し、八月にはガダルカナル島にアメリカ海兵師団一万人が上陸し、不意を打たれた日本軍守備隊六百人が全滅するなど劣勢は顕著となった。これを契機に制空権を握った米軍は南太平洋だけでなく北太平洋も支配下に置き、日本軍はいわゆる南方戦線で幾多の将兵を失った。それを補うため、中国本土に派遣していた日本軍や満州のソ連との国境に展開していた関東軍の主力を〝転進〟という名目で、勝目のない南方戦線に昭和十八年から暫時配置換えしたのである。大本営発表が日本軍が各地で敗走、全滅、玉砕の真実を伝えなくなった時期に、メディアを操作し、国家のために戦地に赴き、そこで潔く散る（＝死ぬ）ことこそが日本人であると、有名文化人を総動員して若者を戦地に駆り立てた。新聞メディアはその重責を担った。

新聞のタイトルを見てみる（写真22）。

〝真に『戦ひ』へ徹底　積極の大道に敵を撃摧《げきさい》〟　吉川英治

解説要旨は、「戦ひは歴史における最大の積極面である、人生においても国家においてもこれ程の積極的大事はあり得まい。しかも果たしてこの簡単な事実が各自の身について認識され行動され政治されているであらうか。即ち積極の大道を血みどろになって歩いていながら、その心はともすれば消極化せんとする傾向をすべての分野にわたって冷静に反省すべきである。戦争に消極なし。敵の近接をみるときわれわれは日本民族の栄光をいただきて『積極の大道』を闊歩しようではないか。未曾有の戦ひの形態と周囲の複雑に捉われ包まれて茫漠たる消極的な雰囲気の中に埋もれてしまったならばこの大決戦を勝ち抜く喜びを見失ってしまうのではあるまいか。（中略）生活の不平を探し語るよりも、この凄烈な戦争を大いに語ろう。新聞も雑誌もラジオも工場も日本国中、隅々まで戦ひを語り、談じ、論ぜよ。そして本当の戦ひ一本だけに徹底しよう。巷《ちまた》に戦ひの話題が溢れ、戦ひ抜かんの烈々の熱気で赤熱しよう。そして素朴に断乎として積極の戦争生活を持とう。日本人は本来そうした国民なのである。日本人は昔から単純で素朴で裸で純潔、生一本な民族なのだ。赤裸々な怒りがそのまま生活に、生産に、戦力に直接つながれて行くと私は信ずる（談）」（昭和十九年二月八日　毎日新聞中国版）

当時文壇の巨壁と言われた吉川栄治は、南太平洋作戦中に戦死した海軍陸戦隊の安田中将の〝聖戦

写真23　中村研一の挿絵

記録　安田部隊長〟を一週間後から、連載を始めている（絵は中村研一・写真23）。執筆の辞に吉川栄治は、「断るまでもなく、これは小説ではない。単なる読物でもない。ブナ陸戦隊四十九日の聖戦記録である。いはゆる文学するなどの、机上の棯《じん》語妄想の如きは、寸毫《すんごう》を許さない絶対境の事実を以て、ただ国内戦域の全同胞に、私はこれを伝令するものである。還らぬ神将《しんしょう》、還らぬ英魂の血と声と無念の心耳を聞いて、これをそのまま現下の国民は告げる伝令の檄であるとも私は敢ていふ。更に、いまや敵みつる太平洋上に向かって、朝に夕に、かならず酬ふべき日のあることを誓ふべき復讐の書としも念じて書いてゆかう」と述べている。

〝戦争と青春の香　花は桜木、人は武士の表現〟　亀井勝一郎

解説要旨は、「戦場とは青春の決戦の場である。そして諸行無常とは、老境の悟りや観念でなく、かかる若さを背景に深められた、痛切ないのちの嘆きであったろう。『源氏物語』には何の興味を覚えない私も『平家物語』だけは枕頭《ちんとう》の書としている。〝花は桜木、人は武士〟といふ有名な諺は、いつごろからいひ伝えられたか、詳《つまび》らかに知らないが、源平合戦の武人たちは見事にこれを体現していたように思へる。私はこの言葉が大好きで折にふれて思ひ出す。『葉隠』など実に立派な言葉にみちて

いるが、あの悲壮を極めてやや陰性なところが、何となく私の心にはそはない。〝花は桜木、人は武士〟の方が、端的に武人の本懐を語っているように思はれる。死は悲壮厳粛にちがいないが、それを櫻花の華やかさと無常になぞらへて、一種の明るい軽みで表現したところがなかなかいい。ひとり武士にとどまらず、これがひろく人口に膾炙《かいしゃ》して、日本人の死の理想となったことは更に有難い。老衰した民族のあいだからは、決してかような若やいだ言葉は生まれないだろう。多くの青年が戦場に倒れることは、悲壮痛恨のきわみであるが、これをただ暗い悲痛とみるのは洋風の観念にすぎない。わが将兵のすべてが、死を『散る』といひ、自らを『若桜』と称して、敢然死地へ赴くのは、伝統に流るる名状し難い青春の賜ものであらう。〝花は桜木、人は武士〟とは日本の青春の合言葉なのだ。そして死の理想なのだ。痛恨の涙流しつつ、しかも青春の香り漂ほこの深い明るさに、日本人ははじめて生き甲斐を感ずるのである」（昭和十九年二月十日　毎日新聞　中国版）（写真24）

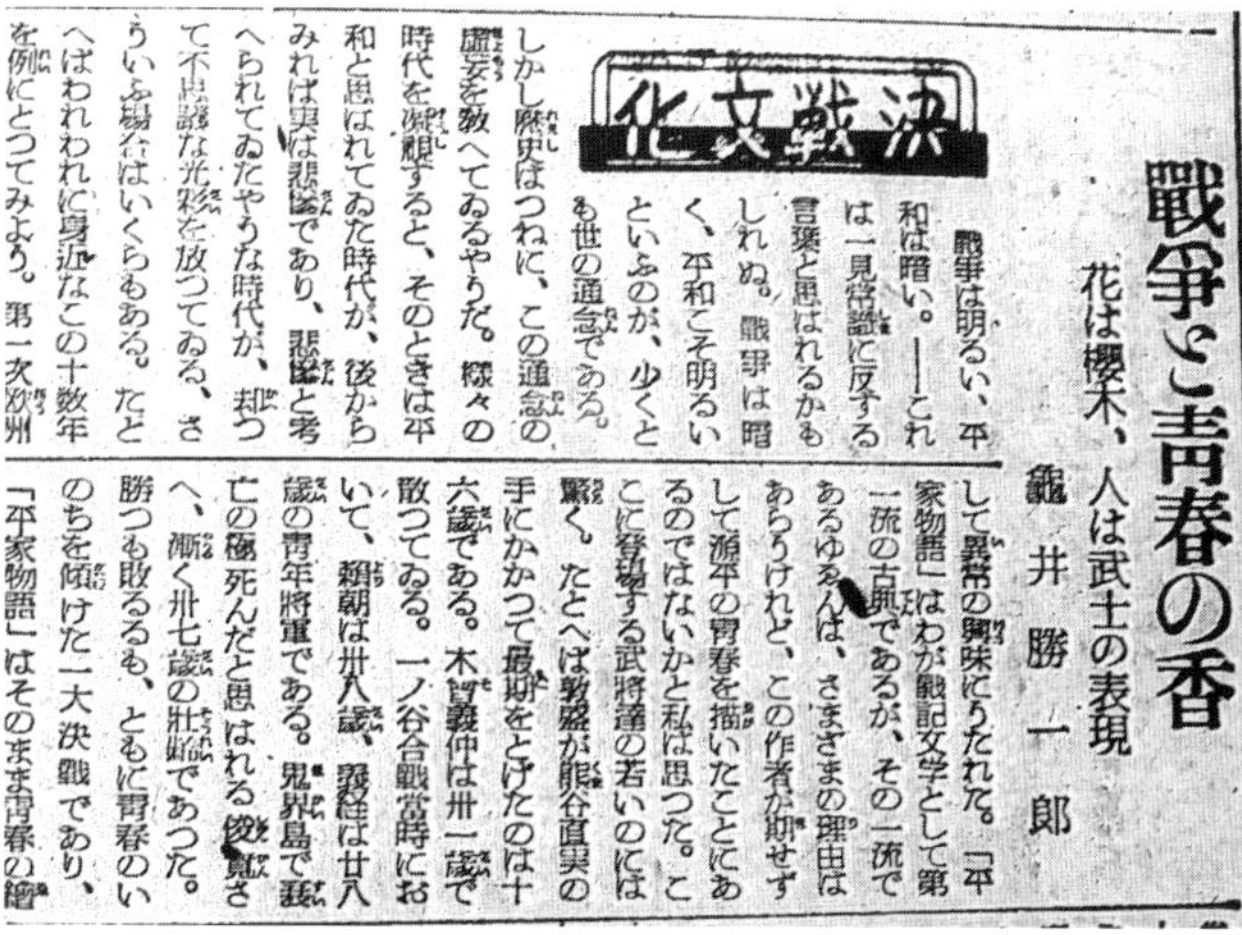
決戦文化

戦爭と青春の香

花は櫻木、人は武士の表現

龜井勝一郎

戦爭は明るい、平和は暗い。――これは一見常識に反する言葉と思はれるかもしれぬ。戦爭は暗く、平和こそ明るいといふのが、少くとも世の通念である。しかし歴史はつねに、この通念の虚妄を教へてゐるやうだ。様々の時代を凝視すると、そのときは平和と思はれてゐた時代が、後からみれば実は悲惨であり、悲惨と考へられてゐたやうな時代が、却つて不思議な光彩を放つてゐる、さういふ場合はいくらもある。たとへばわれわれに身近なこの十数年を例にとつてみよう。第一次欧州

して異常の興味にうたれた。「平家物語」はわが戦記文学として第一流の古典であるが、その一流であるゆゑんは、さまざまの理由はあらうけれど、この作者が期せずして源平の青春を描いたことにあるのではないかと私は思つた。ここに登場する武将達の若いのには驚く。たとへば敦盛が熊谷直実の手にかかつて最期をとげたのは十六歳である。木曽義仲は卅一歳で散つてゐる。一ノ谷合戦當時において、頼朝は卅八歳、義経は廿八歳の青年将軍である。鬼界島で[illegible]亡の極死んだと思はれる俊寛さへ、漸く卅七歳の壮齢であつた。勝つも敗るるも、ともに青春のいのちを傾けた一大決戦であり、「平家物語」はそのまま青春の繪

写真24　戦争と青春の香り　亀井勝一郎
＝昭和19年2月10日

〝進軍喇叭の役割　戦力芸能の行くべき道〟　花森安治（写真25）

解説要旨は、「慰めや、うるほいを与えることが、いまの芸能の目的ではない。慰めや、うるほいを与えることによって、国民の戦意を高揚し、全力を戦力増強へ傾注させる、それが目的である。いひ換えれば戦意高揚に役立たなければ、その慰めや、うるほいは断じて必要ではないのである。行軍の歩調を逞しく溌剌とさせるのは喇叭《らっぱ》の力である。芸能でなければ果たせないのがこの役目である。『休メ』の喇叭など吹いてもらってはこまるのである。今こそ芸能は一億の戦列の先頭に立って、堂々と、『進軍喇叭』を吹かねばならない。もっと自信を持とうではないか」と戦争を煽る（昭和十九年二月十八日　毎日新聞中国版　筆者は大政翼賛会宣伝部芸能班長）。

決戦文化

進軍喇叭の役割

戦力藝能の行くべき道

花森安治

例の短期運動が起されてしばらく立つと、袂を帯にはさんだ女の姿が至るところで見受けられたものである。長いままでいけないこともよくわかつてゐるし、切つてしまふだけの勇気も出ない、丁度あのころの女の風俗が、そのまま現在の藝能界にあてはまるのではなからうか。

新聞の見出しを切り貼りしたやうな「愛國歌謡」があるかと思ふと、……といふのは、妙な現象だと思ふ。音曲……れたといふだけの昔の姿に、内心たつぷりの未練を残して、しかも仕方がないから、何とか時局向きに恰好だけつけておかう、そんな気持から、いいもの面白いものが生れやうわけはないのである。

慰めになれば、うるほひを與へれば、それでいいのだといふ。しかし、慰めや、うるほひを與へることが、いまの藝能の目的ではない。慰めや、うるほひを與へることによつて、國民の戦意を昂揚し、全力を戦力増強へ傾注させる、それが目的である。いひ換へれば戦意昂揚に役立たなければ、その慰めや、うるほひは断じて必要でないのである。何も浮かれたり、喚いたりしろといふのではない。大臣のやらねばならぬことを、藝能がやりたがつても仕方がな

写真25　進軍喇叭の役割　花森安治
＝昭和19年2月18日毎日満州版

〝映画、真に転換すべし〟　北村小松《決戦文化》

解説要旨は、「他の文化各部門についてもそうであるが、特に映画はこの際真っ先に方向を転換すべきであらう。極論

すれば内地における娯楽映画など中止してしまって第一共栄圏の人々に真の日本を認識させるための映画に主力をそそいでいいのではないかと思ふ。（中略）現にわれわれは指導的、啓蒙的と銘打った映画の中に看板にいつはりのある作品の例をいくつも見ている。真底からアメリカ的なものを清算してしまわなければ本当の意味での新しい日本映画は生まれて来ないと思ふ」（昭和十九年三月十四日毎日新聞中国版）

更に、マスメディアの旗手でもある新聞社自身が自社の支局の状況を次のように伝えている。

〝体当りの本義　銃後も突撃態勢へ〟　南郷次郎　《決戦文化》

解説要旨は、「荒鷲が侵攻する敵の軍艦や飛行機に体当たりしてわが身諸とも敵を葬り去った報道を耳にするにつけ、われわれはその悲壮な事態に胸を打たれる、そしてわれわれ国民も各々の職場に体当たりで挺身しようといふことが叫ばれる。成る程、洵《まこと》に結構なことである。然しここで肝心なことは体当たりを何か安っぽい簡単なものに解釈してはいないかといふことである。荒鷲といはず、前線将兵のひたすらな願いは身をもって君国に報ずることである。してみれば出来るだけ多くの敵を滅ぼすことが最上の戦術であって、殆んど死ぬに決まっている体当たり戦術はむしろ策の下ともいへるのである。しかも往々にして荒鷲がこの下策を用いるのは万やむを得ない状況でなされるもので、決して暴勇ではない。任務完遂のためこの方法を選ぶの余儀なきに至ったことを示すものである。いふならば体当たりとは日本国民たる蓋忠報国の至誠の平素の修養が最後の手段として突発することである。（筆者は講道館長、海軍少将）」（昭和十九年二月二十三日　毎日新聞中国版）

開戦間もなくの昭和十七年当初から南方戦線で敗退に次ぐ敗退を重ねていてもその真実の伝えなかった日本軍は、「一億国民あげて正義の戦いの勝利を確信し強靭に総力を必勝の一点に結集し続けよう」と新聞を通じて国民に呼びかけた。宣伝文からは苦戦の状況が伝わる昭和十九年三月九日の新聞広告である。昭和十八年十一月初旬のブーゲンビル島の攻防戦で敗北しているにもかかわらず虚報続ける大本営発表を後押ししている。

〝興国の決戦一億総蹶起《けっき》（＝決起）！〟

「見よ！　南太平洋、日米決戦場に主敵米艦隊は我が海鷲部隊の日夜を分たぬ痛烈なる膺懲《ようちょう》の鞭をうけつつあるにもかかはらず、凄烈執拗な敵の戦意はいまなほ世紀の悲劇を追って止まない。いまや戦線はソロモンの海域から真直ぐ銃後国民の足下に迫っている　造れ兵器、送れ飛行機を、海と空の決戦場に銃後凝集の闘魂を伝えねばならない、死闘の勇士はいまも兵器を待っている、血が通ふ銃後の魂を焼き込んだ我等の兵器を！（中略）第一次ブーゲンビル島沖航空戦を開幕とする勝利の前進こそは我等の兵器の魂の威力を明確に物語っている、造ろう兵器を、送ろう銃後の魂を！　真に戦時生活に徹して全国民が一千万石の米を甘藷や麦で補へば、これと同量を輸入しないためこれに代ってその

原料を南方から運搬して実に七万八千台の飛行機が出来るのだ」（満州国　満州生活必需品株式会社）

国家予算の殆んどを戦争のために注ぎ込み、開戦後次第に一般国民生活の必需品が手に入らなくなり、不自由な生活を強いられるようになっていった。日本の民芸運動で著名な河合寛次郎をも『決戦文化』に登場させている。タイトルも内容も物静かなものとなっているが、政府の強力な後押しとなっている。

〝真に日本的なもの〟　河合寛次郎

「時局が、現代人の薄っぺらな都会文化をひとたまりもなく押しひしぎ、おくればせながらわれわれの両の眼を地方生活のみが内に今も僅かに持っている真の日本的なものに対して見開かせてくれたといふことは、なんと有難いことであらう。（中略）細々とその命脈を田舎の律儀な人々の生活に保護されて保ってきた美しく逞しいものの余燼《よじん》は、幸ひにも時局の影響で再び赤々と燃え上がった。雪国の生活の中からモンペが非常生活の服装として取上げられたことは語るまでもあるまい。また母親の愛情そのもののやうな可憐にして実用的な藁《わら》の雪沓《ゆきぐつ》は東北の子供たちの生活の中に再び活発に登場しつつある。また竹製品のわれわれの生活への登場、その他米袋一つにしてもわれわれ祖先が使っていたものの価値を、いまはっきりと思い知らされる気持である。地方には、その生活の諸要素にも、その生活の様式にも、まだまだ気づかれず、見落されている美しく逞しい伝統的、民族的なものが、数限りなく残っている。これは地方の人々の協力を仰いで、広く明日からのわれわれの生活の中に取り入れるやうにしたいものである」（昭和十九年三月十日　毎日新聞中国版）

〝新京だより〟特派員・堀内　巖

「『郷軍将兵の猛訓練』さて新京では来るべき決戦に備へて諸官庁は勿論、各会社が日曜日返上を実施しています、新聞社は元から年中無休でしたが、周囲の活動とともに動くところで、これから一層忙しくなるでせう。支局全員の過半数は丸坊主にして張切っている次第です。支局員には義勇奉公隊（内地の警防団のようなもので協和会が指導している）もいます」

（昭和十九年四月十三日　毎日新聞　中国版）

日中戦争の長期化に伴って一九四〇年十月、組織された官製国民統制組織・「大政翼賛会」は太平洋戦争の進展とともに国民統制力を強め、総理大臣が総裁をつとめ、道府県支部長は知事が兼任し、一般選挙に活動したのをはじめ、産業界や大日本婦人会、隣組などを傘下に収めて国民生活のすべてにわたって統制していた。町内会の末端組織は生活必需品などの配給機構を兼ねており、全国民は日常生活まで内務官僚や警察の支配を受けることになった。一九四四年（昭和十九年）四月二十三日の毎日新聞は次のように伝えている。

〝私旅行は絶対するな〟の見出しで、「大政翼賛会では四月の当会徹底事項として、①一人残らず増産に挺身すること、②空襲への不断の準備を整えること、③私事の旅行は一切やめること、④空地は一寸も残さず増産に役立てること、⑤生活を徹底的に簡素にすることを挙げ、いままでの生活に一層の反省を加え、日常生活を真に実質本位の簡素なものとしてこそ、そこに力強い明るい『戦い抜く生活』が生まれる」特に私事の旅行に関しては、鉄道の輸送機関は総べて戦力増強のための重要物資や生活必需品の輸送に使うべきで、遊覧や買出し等はもちろん訪問や面会等の私事の旅行は、この際絶対やめねばならぬと断じている。

3　特別攻撃隊の実態

しかし戦況は悪くなるばかりであった。神風特別攻撃隊のニュースを南方基地から特派員が伝えたのは、実際の攻撃があった十日後（昭和十九年十月三十日、朝日新聞）のことだった。既に物量戦では負けており、最前線はもはや無謀な捨身の戦いをしていることを伝えている。

満州の各都市で展開されていた二、三機程度の愛機献納ではどうにもならない事態になっていた。しかし、新聞は特攻機生産を国民に呼びかけた。日本国家が破滅への道をひたすら進む一億総特攻に拍車がかかった。

〝今ぞ職場に特攻隊精神

翼工場こそ基地　朝飛び立てば夜は体当たり〟

「比島前線基地特電十八日発　基地は最早比島の飛行場ではない、内地の工場が基地なのだ、工場の門を出発すれば敵艦一隻撃沈の印をつけてよい、（中略）某航空参謀がしみじみと語った言葉はこうだ『飛行機は何機あっても足らない、百機よりも二百機、千機よりも二千機ほしい、だがここで一万機作れといってもそれは出来ない相談だ、一万機とはいはない、一千機あれば一千隻の敵艦船を沈め得る、船を潰せば勝ちだ』還らぬ神鷲を乗せて還らぬ特攻機が出発を待っている。この飛行機が一時間後に敵艦船に命中する、しっかり抱いた爆弾が敵艦船を真っ二つにぶち破るのでは断じてない、強烈な大和民族の精神だけがよく戦艦を屠《ほふ》り敵船を吹飛ばすのである。

飛行機の消耗はその数ほどの神鷲の散華を語るのだ、荒鷲の死を悼むのではない、飛行機さえあれば神々はさらに多くの戦艦を沈め、さらに多くの船を撃沈するのだ」（昭和十九年十二月二十一日、朝日新聞）。特攻隊員を〝神〟鷲とし、死ねば〝軍神〟となるのである。

陸海軍は肉親にさえ特攻隊員に選ばれたこと、出撃基地名、日時など伝えることを禁じていた。

「出撃一ヶ月半前、最後の特攻訓練に励んでいた隊員は、最後の別れと肉親を訪ね、一泊した肉親の家でも、特攻のことを一切口にせず、『今度、家の近くを低空飛行するから、それが俺だからね』

とただ一言だけ、言い残し、五日後、上空に一機の隼が現われ、低空飛行で両翼を左右に何度もふりながらゆっくりと飛び去りました」（特攻隊振武寮　証言・帰還兵は地獄を見た　大貫健一郎）

特攻攻撃は米軍の防禦体勢が整い始めると、戦果を挙げられず、軍司令官は、「当方押され勝ちにて漸次《ぜんじ》特攻効かなくなる。（中略）沖縄沖の敵艦船減少の徴候見えざるが如く、特攻の効果如何と惑う」と、現状に絶望している内容の日記に残している。にもかかわらず、次々と特攻隊を編成し、生還の見込みのない〝総攻撃〟に無理やり参加させた。特攻機は、整備不良による機材トラブルやエンジントラブルのため出撃できなかったケースが数多くあり、基地整備兵に見送られて出撃しても攻撃目標に到達する前に海上に墜落したり、飛行中爆発したり、敵戦闘機・グラマンに撃墜されたりした。その場合も遺族に対しては「〇〇は戦死した隊長に代わり、隊員を率いて十機沖縄の船舶に突入して抜群の功績を残しました」とか、「米軍の敵艦を撃沈させた」と特攻隊員を軍神にまつりあげ、連合艦隊司令長官名の戦功をたたえる〝感状〟を遺族に送っていた。

また、戦況が悪化する中、一九四三年六月、日本の空軍勢力を増大するための操縦者の速成が始まり、陸軍は学徒出陣の学生出身者を対象に、一年半でパイロットを養成する「特別操縦見習士官（通称・特操）制度（すべて少尉に任官）」を設けた。この制度は学徒兵の人気を呼び、第一期、第二期あわせて三、〇〇〇名の採用のところ六倍の応募者が殺到した。一期から四期まで総数六、五〇〇名の学徒兵が集められたが、かろうじて飛行訓練と呼べるものを受けることが出来たのは、一期の二、五〇〇名、二期の一、二〇〇名だけだった。その内、二五〇キロ爆弾と二二〇リットルのガソリンの入った増加タンクを機体に接着させて出撃した九一二名が戦没した。

　彼らの飛行訓練は練習機で教官同乗のもとに離着陸の訓練だけを行なうもので、回数にして一八〇回から二〇〇回繰返すと単独飛行が許可された。速成の初級操縦者は爆弾を投下する訓練も爆弾を積んでの航法もやることはなく、本業の戦闘訓練すらやることは全くなかった。記録映画に出てくる特攻機の米艦船への体当たり攻撃に必要な海上二十メートルの超低空飛行（海上航法）は、教育訓練時の教程にはなく、ぶっつけ本番であった。本来一年半のパイロット訓練をする規程があったにもかかわらず、一年にも満たない訓練実績のない初級操縦者にとって、いざ実戦となった時、何が出来るかは自明のことであった。飛行技術では、圧倒的優位に立つアメリカ空軍に正攻法で勝てるわけがないことは明らかで、ここに特攻隊構想が生まれ、生還なき特攻突入攻撃が陸・海軍共に始まった。上級操縦者達は空中での戦闘では日本に勝目がない、特攻しか効果的な戦法はないと気付いていた。彼らは軍上層部の方針、あるいは軍の組織上の問題とはいうものの、自分は特攻隊を志願していないまま、特攻隊を志願している初級操縦者達を特攻に送り出さねばならなかった。飛行機に乗らない参謀など上級将校には、率先垂範《すいはん》という戦陣訓、即ち「本訓其の二　第五　率先躬行《きゅうこう》＝幹部は熱誠を以て百行の範たるべし。上正しからざれば下必ず乱る。戦陣は実行を尚《たっと》ぶ。躬を以て衆に先んじ毅然と行なうべし（現代語訳＝部隊の幹部は熱意をもってすべての模範となるべきである。上の者が正しくなければ下の者は必ず乱れる。戦場では実行を尊ぶ。我が身をもって臣下より先んじて毅然と行なわなければならない)」の軍隊用語が消滅してしまった。

航空司令官から「お前たちはすでに神である、国を救えるのはもうお前達しかいない。なんとか敵艦船上空まで到達して、国のために任務を遂行してくれ」と訓示された特操であったが、いざ出陣し機体不良や天候不良のため基地に舞い戻った特攻隊員に対しては、上官から、「お前達は忠誠心の欠落者だ」「お前らは絶対特攻を解かないからな、必ず再出撃させて死んでもらう」「士官学校の卒業生が生き恥をさらすなどということは、建軍以来の不祥事だ、軍服を脱げ」「お前のことを軍法会議にかけるよう上申しておいた」など、執拗にいびられることもあったと言う。

特攻作戦を有効にするための研究と訓練が必要であったのに、軍上層部はそれを怠り、ただ階級の力だけを拠り所にして、若者を「特攻作戦が日本を救う唯一の作戦」と思わせ、「特攻作戦を自らの意思で実行する」と思わせたのである。これが戦争末期における聖なる特攻作戦の全貌であった。

生身の人間が爆弾と化して敵艦などに体当たりする「特攻」による戦死者数は、陸海航空機が四、八〇三名、人間魚雷・回天や水上特攻艇・震洋、陸軍の小型突撃艇などが一、八八八名にも上り、その殆んどが若者であった。

終戦後、口を開いた上級将校の中には、「特攻作戦そのものについては『自発的行為』である」「特攻参加の動機は全く英霊達の発意なり」と発言し、自分の責任を明らかにすることはなかった。

また、「特攻」は飛行機だけでなく艦隊によるものもあった。聯合艦隊総司令部が計画した沖縄への艦隊特攻作戦である。一九四五年（昭和二十年）四月戦艦大和や巡洋艦、駆逐艦系十隻による特攻は、草鹿参謀長が伊藤聯合艦隊司令長官の「作戦の真の目的は何か」との問に、「一億玉砕に先がけて立派に死んでもらいたい」と最後通告した。四月五日、山口県三田尻沖についた戦艦大和の甲板に集合した乗組員三、三三二人を前に、艦長が聯合艦隊司令長官の訓電を読み上げた。「ここ海上特攻を編成し、壮烈無比の突入作戦を命じたのは、帝国海軍海上部隊の伝統を発揚するとともに、その栄光を後世に伝えるためである」訓電は大和が特攻隊になったことを明言した。そしてこの日の夕方、「各部隊、酒を受けとれ」という放送が艦内スピーカーから流れ、各班で最後の宴会が始まった。その宴会も午後九時に「よろしい。これでヤメヨ」の命令で、宴会はぴたりと終わった。航路は三田尻沖↓速水瀬戸（豊予水道）↓豊後水道↓大隅海峡↓沖縄と、敵潜水艦からの攻撃を避けるため狭い水路を選んだ。しかし、四月七日十二時すぎ艦隊は九州坊の岬沖で待ち受ける米空軍機や魚雷による波状攻撃を受け、二時間半後、大和は沈没し艦隊はあえなく壊滅した。沖縄まで四五〇キロの海上だった。支援戦闘機の援護も全くない状況下、軍艦の将兵総勢、約六千人のうち、三、七二一名が戦死した。この戦闘の終了後、日本海軍は全軍に次のような布告をした。

「昭和二十年四月初旬、海上特攻隊として沖縄島周辺の敵艦隊に対し、壮烈無比の突入作戦を決行し、帝国海軍の伝統と、我が水上部隊の精華を遺憾なく発揮し、艦隊司令長官を先頭に幾多忠勇の士、皇国護持の大義に殉ず、報国の至誠、心肝を貫き、中烈万世に燦《さん》たり、よって、ここに、その殊勲を認め、全軍に布告す」

米国の圧倒的な海空軍の戦力も推測できず、沖縄まで飛行機による上空支援もせず、艦隊特攻を送り出すという稚拙かつ無思慮としか言いようのない作戦であっただけに、なんとこれらの言葉がむなしいことか。

4　架空の大勝利

情報局は、太平洋戦争開戦と同時に、大本営が許可した以外の一切の記事の掲載を禁止するとともに、「我軍に不利なる事項は一般に掲載を禁ず。ただし、戦場の実相を認識せしめ敵愾心高揚に資すべきものはこれを許可す」という示達も出した。開戦後の半年はほぼ正確な発表がなされたが、その後はデタラメな発表が始まる。一九四二年六月のミッドウエー海戦で、日本軍は空母四隻、艦載機二八〇機を失う大敗北を喫したが、空母一隻喪失、一隻大破と発表していた。ガダルカナル島撤退（一九四三年二月）後の九ヶ月間は戦況悪化のため発表が少なくなった。そして、大本営発表が大きく変質するのは一九四四年十月十九日、台湾沖航空戦の時で、沖縄への空襲がすでに始まり、本土決戦が叫ばれる中、「日本海軍が米軍空母十九隻、戦艦四隻など計四五隻を撃沈撃破し、大勝利した」という発表だ。だが、撃沈した敵艦はゼロだった。実際の米軍空母は十七隻で、存在しない空母まで沈めた計算だった。計画が失敗しても、事前の見込みの数字を成功したことにして発表していた。天皇や首相にも真実は知らされず、陸軍はこの発表をもとにフィリッピン・レイテ島での決戦（一九四四年十月二十二日～終戦）を決め、多くの兵士が飢餓に苦しみ死んでいった。

第４章　父の出征と戦死

１　〝隠密召集〟の日

昭和二十年が明けると米軍による東京大空襲に始まり、九州各地、大阪と日本全土がＢ－29の攻撃を受けることになる。四月には米軍は沖縄に上陸し、本土決戦が現実味を増していた。日米の軍備比は一対五以上に広がり、日本軍は本土以南の制海権と制空権を米軍に奪われており、もはや米軍と戦う能力も戦力もなくしていた。

日本軍の太平洋戦線の劣勢により満州に駐留していた関東軍が南方戦線に振り当てられるのを補う形で、満州では例外なく十八歳以上四十五歳までの男子は軍に召集されることになった。

第一次世界大戦を経て、総力戦体制が重要視されるようになると徴兵制に修正が加えられ、一九二七年（昭和二年）、これまでの徴兵令は「兵役法」に改正された。現役服役期間が三年だったのが二年に短縮され、代わりに実際に徴兵される人数の増大を図った。

兵役法では、十七歳から四十歳までの男子に対し兵役の義務を定め、兵役を常備兵役、補充兵役、国民兵役の三つに区分している。

常備兵役は現役兵と予備役兵を指し、現役兵は文字通りそのままで、予備役兵は二年と定められた現役兵の期間を満了すると、その後は十五年四ヶ月間は、民間人として生活しながら必要に応じて軍に召集され、指定された職務につく義務を課せられた。補充兵役は現役の欠員補充、戦時の損失補填を目的とし、入営しないものの必要に応じて召集された。国民兵役には第一国民兵役と第二国民兵役があり、第一国民兵役は常備兵役、補充兵役の期間（いずれも十七年四ヶ月）を終えたものが服役し、期間は四十歳までとされていたが、一九四三年以降は四十五歳までとなった。

第二国民兵役は、満年齢十七歳から満四十五歳までの軍隊教育を受けたことがないものが服する兵役をさし、太平洋戦争で戦局の悪化にともなって召集されるようになった。私の父親が勤める満州間組は職員一四九名のうち六三名が第二国民兵役の対象となり、召集されたのである。正に根こそぎ動員で会社業務が麻痺状態になったことは容易に想像出来る。召集には平時の充員召集と戦時に必要に応じて行なわれる臨時召集があるが、父は昭和二十年五月、安東で臨時召集された。母は赤紙による臨時召集を〝隠密召集〟と言っていた。家を出る時は、普段通りの会社に出勤する服装だった。

周囲には知らせないようにという意味では、夫の出征が妻にとっては〝隠密〟という言葉が合っていたのかもしれない。軍隊に入営するに際しての見送りは許されなかった。父は三十四歳、母は二十八歳で長女・和子の出産の一ヶ月前であった。この日のことだけは当時四歳の兄（直保）も何故か記憶していた。比較的暖かい日で、ただならぬ雰囲気で緊張し、母親に手を引かれて父を玄関先で見送った。母から『いってらっしゃいと言いなさい！』と言われたことは憶えていると兄は言う。その時、満二歳の誕生を迎えた私自身は母に抱かれていたのだろうか。

父がどこの連隊本部に出頭するよう命じられたか分からないが、兵士としての基本訓練を受けることなく、関東軍がいなくなったソ連との国境の守備隊に員数あわせのため直接配置されたことは、厚生省の資料で明らかだ。それから僅か三ヶ月後太平洋戦争は終戦を迎えた。

満州に関して言えば八月八日にソ連が日本に宣戦布告し、翌九日にはソ連の大部隊が国境を越えて侵入してきた。日本本土は八月十五日を境に戦争の惨禍は概ね消え、国民生活は安堵と平和な日々を迎えることになるが、ソ連国境付近にいた開拓団をはじめ満州在留日本人は、終戦の日からの方が悲惨な生活が続くことになる。

2　父の戦死の真相と慰霊の旅

父の死亡告知書を母は終生大事に持っていた。「陸軍上等兵　歩兵第二七一連隊　諸住茂夫　昭和二十年八月十三日（時刻不詳）、中華民国牡丹江《ぼたんこう》省穆稜《ムーリン》県穆稜陣地で戦死せられました」とある（写真26）。終戦の二日前に父が戦死したと話すと、誰もが気の毒そうな表情をみせる。「なんと運が悪い、あと二日生き延びていれば……」との同情かもしれない。私自身もそう思った時期もあった。後でそれは甘い見方であったことを知る。

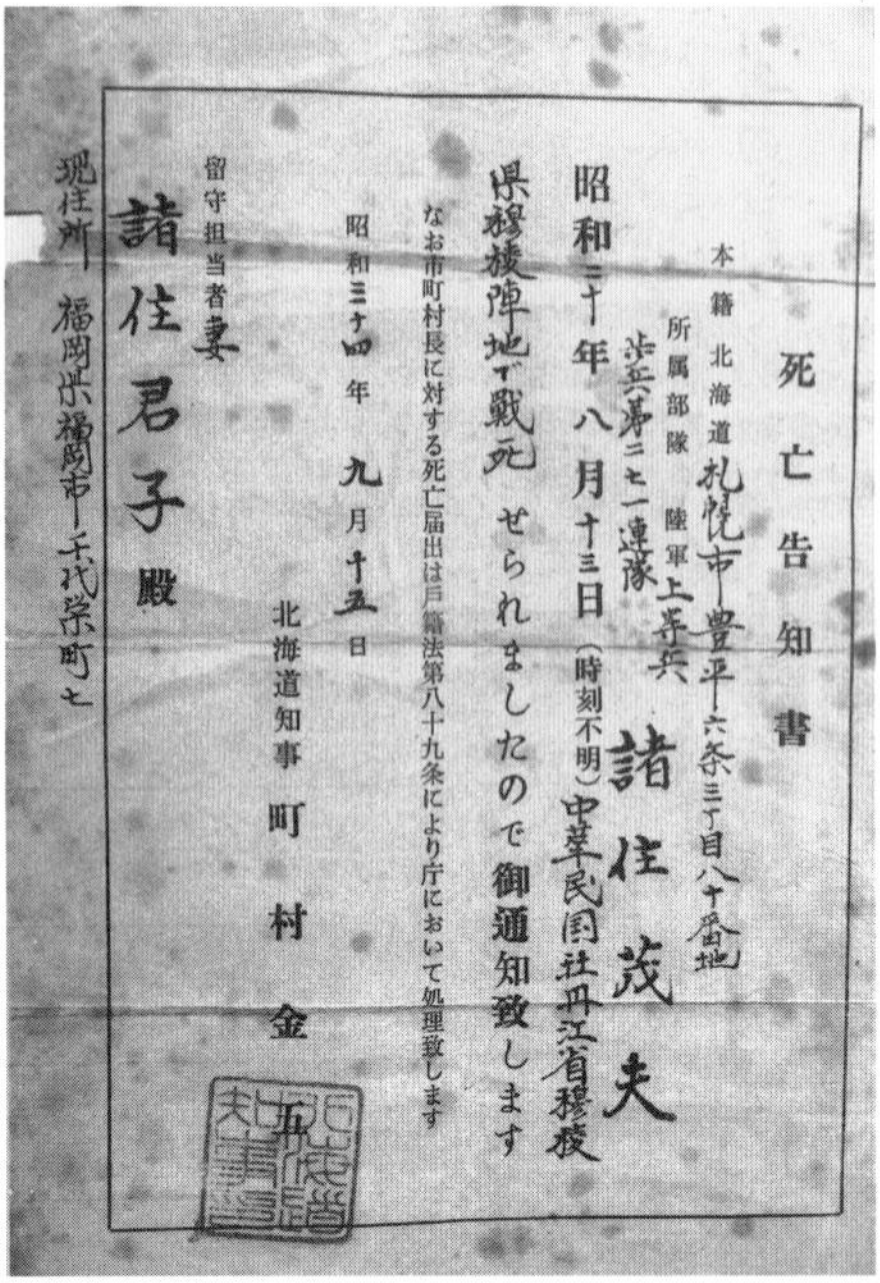
死亡告知書
本籍　北海道札幌市豊平六条三丁目八十番地
所属部隊　陸軍上等兵
歩兵第二七一連隊　諸住茂夫
昭和二十年八月十三日（時刻不明）中華民国牡丹江省穆稜県穆稜陣地で戦死せられましたので御通知致します
なお市町村長に対する死亡届出は戸籍法第八十九条により庁において処理致します
昭和二十四年九月十五日　北海道知事　町村金五
留守担当者妻　諸住君子殿
現住所　福岡県福岡市千代栄町七

写真26　父・諸住茂夫死亡告知書

二〇一〇年（平成二十二年）八月、六十七歳の時、私は中国東北地区慰霊団二十一名の一員として、父親の戦没の地・牡丹江市東方八〇キロにある「穆稜」を訪問した。慰霊団二一人の内、八月九日〜十四日の間に戦死した父親を持つ遺児は私を含めて三人、八月十五日以降に戦死（戦病死を含む）した父親を持つ遺児は十六人を数える。この数字だけからも満州では八月十五日が終戦の日でないことは明かだ。

慰霊団東京出発の前日の八月三日、厚生省から現地追悼参考資料として「中国の概要（東北編）」と「戦没時の部隊行動の大要」が慰霊団員に配布された。初めて目にした。本来なら戦死公報を受け入れた時に母に渡すべき資料である。遺族の心情を無視して、あえて知らぬふりをして渡さなかったのだ。「中国の概要（東北編）」は関東軍の生立ちから終焉までと最後の日本関東軍の兵力とソ連軍の兵力が記録されていた。

「総入れ歯の関東軍　対ソ戦略の変更：総計二十一個師団と幾十の特別部隊を矢継ぎ早に転用された関東軍は、それらが悉く《ことごと》一流師団であったのだから、正に殆んど去勢されたような弱体となった。内地から未教育補充兵や新兵を送って貰う以外に、在満日本人を徴用して、空家になった師団兵舎に注ぎ込み、末期には『満州根こそぎ動員』を敢行して、一種の人海戦術を企てた。が、その戦力は、総入れ歯、ものの噛めない張り子の虎、誠に心細い描ける軍隊に等しかった。関東軍の戦力は骨抜きの名のみの総軍、先制攻撃かける飛行機もなければ、敵地上軍の侵攻を邀撃《ようげき》する戦車も対戦車砲すらなく、陣地防禦の大砲も取り外され、プロの砲兵も満州から姿を消していたのである」と、これが国家の公式記録の一部である。更に、

「ソ連軍侵攻時の関東軍の実質戦力は、在来優良師団に換算して全部で八個師団に過ぎないものと考えられた。対する極東ソ連軍（空軍、防空軍、海軍含む）は約一七四万名、地上八十個師団と四十

個戦車・機械化旅団等および三十二個飛行師団で戦車（自走砲を含む）、飛行機各五千以上、いずれも関東軍の戦闘可能保有数の二十倍以上を擁していた」

3　司令部の後方避難と守備隊玉砕命令

また「戦没時の部隊行動の大要」には、父の所属していた部隊の行動記録と父が牡丹江省穆稜陣地において戦死に至る経過がかなり詳しく記載されていた。

写真27　厚生省資料「遠謀」

「所属部隊は第一二四師団歩兵第二七一連隊（師団名〝遠謀〟）、残地人員および在満各部隊の転属者を基幹として編成。昭和二十年八月九日、日ソ開戦にともない、十五日までの間にも圧倒的なソ軍の攻撃を受けて穆稜、また綏芬河《すいふんが》駐留の第三大隊は天長山と両陣地で遊撃し熾烈な戦闘を展開したが、いずれも多大な損害を受け、殆んど全員玉砕するに至った。故諸住茂夫氏は、現地応召により部隊へ配属され、上記の戦闘により（八月十三日）戦没されたと思われる」とあった（写真27）。

更に戦死に至るその詳細は、「所属した一二四師団は国境陣地守備隊のすぐ後方に控える前方陣地に属し、軍の兵団・部隊の装備は不十分で、銃剣・軍刀・燃弾などのほか、火器・火砲の欠数が多かった。火砲は定数の三分の二以下で、築城も軍需品の後送も、教育訓練も大部分が不備のままソ軍を迎えざるを得なかった。訓練について一例あげれば、対機甲戦闘が重視されつつも兵器爆弾の欠乏により現物教育は殆んど実施されず、開戦の場合は一再ならず徒手空拳爆弾を抱いて敵戦車に突進を命じなければならなかった。しかも点火具の不足と機能不十分のため、兵の勇敢な決死行も奏功せずに終わることも少なしとしなかった」と記録されている。一二四師団は最終時の編成定員は約一万五千人で、現地応召者や朝鮮人日本兵四千以上受け取って人員はほぼ完全充足していた。人数こそ十分でも装備は不十分で、兵器弾薬の不足、人員の錬度の低さも総合すると常備師団と比べ三五％程度の戦力と見積られている。父は陣地に配属された時から生きて家族のもとに帰れるとは思わなかったに違いない。しかし、関東軍の作戦命令は、貧弱な兵力を分かっていながら無謀にも「陣地戦においてソ軍の侵入を破砕すべし」というもので、八月十日夜には第五軍の司令官は主力を後方に後退させることにし、更に第五軍を統括する第一方面軍司令官はそれより後方に移動したとある。

国境から八〇キロ後方の穆稜西方に父親達の一二四師団主力を配置したものの、八月十二日にソ連軍の総攻撃を受けるとまともに立ち向かうこともできず、全滅する陣地が続き、師団の統一指揮が困難な状態に陥った。

「八月十三日日没までに第一二四師団の陣地要域の大部分は攻略され、殊に防禦戦闘の骨幹たる砲兵火力は殆んど壊滅状態となった」。第五軍司令官はこのような経緯があったため全軍玉砕する決意を固め、電信電話施設を破壊とも記され、「師団長は極力陣地において力闘すべく指導し」とあるが、実際は「師団の主力は森林内に入り、夜間を利用して後方に逃げ延びた」とある。自らは逃げ、徒手《としゅ》空拳《くうけん》の民間人出身の最前線兵士に玉砕を命じたのだ。

絶望の淵に防禦する術もなく立たされた兵士とは対照的に、軍上層部の余りの身勝手さに私は怒りと悔しさを通り越して、あきれ果ててしまった。恥も外聞もなく、よくぞここまで政府の機関が記録したものだと別の意味で感心した。

満州の一師団の構成員一万二千～一万五千の内六割程度の師団も少なくなく、現地応召された民間人は、訓練も受けず兵器も無く、敵ソ連軍と対峙しただけだ。ソ連軍の怒濤の進撃の前に、殆んど抵抗をすることもなく部隊は全滅した。

何故、満州でこのように無残な状態になったのか、日本軍の動きを振り返ってみた。一九四一年（昭和十六年）十二月、太平洋戦争に突入してから三ヶ月後の一九四二年三月、日本の大本営政府連絡会議は「対ソ戦不参加」を国家方針として決定していた。そして、一九四三年後半から、関東軍は南方方面へ兵力を転用し、残留本体の戦力は著しく低下していった。戦況が益々悪くなる一九四四年九月十八日、参謀本部は既に満州を見棄てることを決め、次のような指示を出していた。

「満州国中、その所属に関し隣国とその主張を異にする地域、および兵力の使用不便なる地域、ならびに国境紛争発生する恐れのある地域の兵力をもってする防衛はこれを行わざるを得」とソ連軍を想定して、戦うなかれという命令である。更に、もう一つの指示は「国境付近における事件発生にあたり、事件の拡大を避くるため、状況により兵力をもってする防衛を行わざることを得」であった。関東軍は、敵の侵攻を誘わぬように、見せかけの強大さを誇れ、外観だけ虚勢を張れと言いつけられていたのである。

父は記録にあるように軍隊の基本訓練を受けることなく、見せかけのための兵力としてソ連との国境地帯に配属され、終戦二日前の八月十三日『牡丹江省穆稜《ムーリン》県穆稜陣地』で戦死した。

父の守備隊全滅を証言する方がいた。水野健三《みずのけんぞう》さん（終戦当時三十八歳）である。水野さんは父親が勤務していた間組安東出張所の直属の上司であり、牡丹江の穆稜陣地でもともに過ごしていた戦友でもある（写真28）。

水野健三さんに話を聞いた。

「武器を持たない守備隊だったが上官から『敵に強固な陣地であるよう思わせるために常に動き廻れ』と命令されていた。穆稜の守備陣地が全滅するその日、対戦車地雷を背負って自爆攻撃に出かけたが、圧倒的なソ連軍の戦車群と兵力を目の当たりにして、自爆攻撃をなすことなく出陣した仲間と陣地に引き返した。しかし部隊の陣地は壊滅状態だったので、牡丹江の町まで逃げ延びるしかなかった」

と八月十三日の状況を母に話していたのを私は傍で聞いた。厚生省の報告書にある内容と同じ守備隊員だった水野さんの証言から、国境に張り付けられた部隊は圧倒的なソ連軍の兵力により全滅したことは間違いない。

写真28　水野健三さん

水野さんは牡丹江で武装解除され、ソ連軍に通訳として徴用されたが、隙をみて逃げ出し葫蘆島港《ころとうこう》から引揚船で日本に帰国した。そして、間組に復職し、九州支店長も務め、時々我が家にも顔を出しては、私達家族を元気づけてくれた。地下鉄など技術習得のためドイツ留学もした水野さんは、その風格から社内では「西洋浪人」とあだ名されたと間組百年史に記録されているが、私の印象はエネルギッシュで明るく、優しい心配りをする方で、終生自分の家族のように接してくれた。私が大学に入学すると、水野さんは直ぐに「息子達（小学生と中学生）の家庭教師をして欲しい」と私にアルバイトの世話をしてくれた。当時、特別奨学金（四千五百円）に相当するお礼を毎月頂き、母親に負担をかけずに大学生活を送ることが出来た。

今でも感謝の気持ちは少しも薄らいでいない。

第５章　在満日本人を見捨てた軍と政府

1　関東軍は終戦七ヶ月前に一二四師団玉砕命令

父親と同じ一二四師団で兄弟連隊（二七一連隊と二七三連隊）に所属していた生き残りの方を新聞記事（二〇一七年十二月一八日朝日新聞読者投書欄「声」）から知ることになり、父親の戦死の情況を詳しく知ることになった。神奈川県川崎市に在住の松本茂雄さんである。松本さんは大正十四年（一九二五年）九月生まれだから、既に九十歳を越えているが、早稲田大学で戦争と向き合うシンポジウムに語り部として参加したり、平和の大切さを次世代に継承する活動等に積極的に参加している（写真29）。その松本さんと初めて会った二〇一八年四月六日、軍歴と一二四師団二七一連隊、二七二連隊、二七三連隊の全滅に至る様子を分厚い資料を指し示しながら七時間に亘って詳細に語ってくれた。松本さんは声を震わせて、「関東軍は酷いものだ。私を含め何も知らない兵隊を玉砕要員として

写真 29　松本茂雄さん（右は筆者）
＝ 2018 年 4 月 8 日川崎市にて

前線に送りこんでいた」と語った。それは昭和二十年一月に出した『関東軍作戦計画訓令』である。そこには具体的に次のようにある。

『対ソ持久戦考案の基本方針
一、侵攻し来るソ軍に対し国境地帯に於いて既存の築城施設・地形・集積物資を利用し、これを撃破す。
二、爾後満州の広域と地形を利用し、ソ軍の攻撃を阻止し持久を策す。（中略）これが為に一般に挺進遊撃戦を慫慂《しょうよう》する。持久作戦による主たる抵抗は国境地帯において行い、これがため兵の重点は成る可く前方（注、国境寄り）に置き、これら抗戦部隊はその地域内に於いて玉砕せしめる。兵力の二重使用、武器資材の追送補給は原則として予定しない』

とソ連軍が宣戦布告する七ヶ月前に父親の所属する一二四師団の玉砕が決まっていたのである。

2　一二四師団、二七一連隊全滅の真相

厚生省正式資料にも第一二四師団の概況として、「開戦前第一二四師団は主力をもって綏芬河西方の綏陽、綏南、綏西地区に集結し、一部を前方国境諸陣地に派遣して警備に任じていた。穆稜《ムーリン》西方地区における陣地構築のため、師団主力は六月下旬以降これに没頭することになった」とある。父は五月末の根こそぎ動員で陣地構築の作業に従事したものと思われる。それから戦死までの情況は厚生省の記録にはない。しかし、生き残りの松本茂雄さんは詳細に記憶し、記録に残している。

松本茂雄さんは昭和二十年二月入隊通知が来て、二月末には行先も知らされないまま福島駅を出発、博多～釜山を経由して半月後の三月中旬満州のソ連国境の虎林《こりん》に到着、すぐに迫撃砲の取り扱い初年兵教育を二ヶ月間受け、最前線の国境警備につき、七月には一二四師団二七三連隊に編成替えとなり穆稜陣地の構築作業にあたった。

穆稜陣地は穆稜街を東南に臨む左右に大きく広がる丘陵地帯で右側（南側）を二七一連隊、左側（北側）を二七二・二七三連隊に割当てた。松本さんの所属する二七三連隊は、父の二七一連隊とは主要道路を挟んでの兄弟連隊なので対ソ攻撃の主力で、同じ任務を課せられていた。その守備陣地における戦争準備のための毎日の生活を次のように説明してくれた。

「一般兵の宿舎は五〇人ほど入る布製のテントで、食事は炊事班から運んでいた。三交代制の陣地構築という土木作業が続き、上官からは急げ！　の号令がいつもかかっていた。それに加え、毎日午後二時頃には定期のにわか雨、時には土砂降りにも見舞われ、テントの中にも雨が流れてくるし、寝てても楽ではなかった。ソ連の先遣隊が到着した八月十一日は、陣地は構築中で未完成だった。陣地の塹壕掘りなどは、諸住さんは間組の専門家ですから、隊内でも大いに重用されたに違いありません。私達も塹壕堀でよく壕が崩れて困りました。その時、どう支えれば良いかなど聞かれたのではないでしょうか」

しかし、苦心の塹壕もソ連軍の戦車には効果がなかったと松本さんは語ってくれた。

「八月九日ソ連軍が越境侵攻して二日後の十一日には穆稜街に到達、（松本さんの所属する）迫撃大隊は当初は敵駐屯地を砲撃するなど砲撃戦を展開したが、日本軍の十倍以上の戦力には太刀打ちできず、敵戦車は時速五〇キロ、前進中の連続砲火が可能で、高さ一《メートル》のコンクリート壁や幅二・五《メートル》の塹壕でも平気で乗り越えるし、水深四《メートル》の川も通行出来るもので、当時、世界最優秀の評価を得ていたT―34型戦車だった。守備隊が必死になって掘った幅二《メートル》の塹壕は全く役に立たなかった」そして八月十三日にかけての穆稜の攻防戦を「敵の砲撃で立ち木が吹き飛び、土嚢が崩れ、壁もバラバラ、耳が聞こえなくなった。強い硝煙の臭い、擂鉢状の谷間に割れるような轟音が渦巻く、野砲隊の白い幕舎が吹き飛ぶ、傷ついた軍馬が苦しんでのたうち廻る。敵戦車は一斉に、凄い勢いで木を押し倒し、壕を押し潰した」

目の前で起った悲惨な状況は、七十年以上経っても忘れることはできないと言う。

父の二七一連隊は守備の地勢上、一二四師団司令部からの指示命令を受けにくく、独自の判断で戦闘を継続せざるを得なくなり、十三日は砲撃戦から肉攻戦に移り、戦死者を多数出したと説明してくれた。

また、一二四師団は昭和二十年編成で、満ソ国境の観月台から綏芬河にいたる四〇キロの第一線から主力が配置された穆稜にわたる地域の防衛を担当するため、六月頃から穆稜地区の防御工事を開始した。この師団には当時としては、関東軍最強の重砲兵部隊も配置された。しかし、七月には北朝鮮への移動が命令され、火砲、器材等は梱包し、列車輸送の準備中であった。このため八月九日のソ連軍が侵攻してきた時、携行出来た火砲はわずか二門だけで、しかも一門は、部品の不都合で射撃できなかった。手元に残った一門の火砲は、（父の二七一連隊が布陣する）北林台の街道南側に備付けたが、十数発したところで故障した。砲兵達は殆んど武器を持たず、木を切り、その先端に帯剣をカズラで結びつけ、自分の体の入る程度の大きさのタコツボを掘り、前面には偽装のための草木の覆いをして身をかくし、八月十三日から三日間篭城をした（第一中隊一等兵田口恵一『牡丹江重砲兵連隊史』より）。

3　肉攻（肉弾攻撃）＝自爆攻撃の実情

ソ連軍の猛攻で死以外に考えられない絶望的な状況での自爆攻撃についても松本さんに聞いた。松本さんは肉弾攻撃は志願制ではなく指名だったと言う。

「軍曹が『俺達の中から五人の肉攻要員を出す事になった。誰か自分から志願する者はいないか』と命令口調で言う」

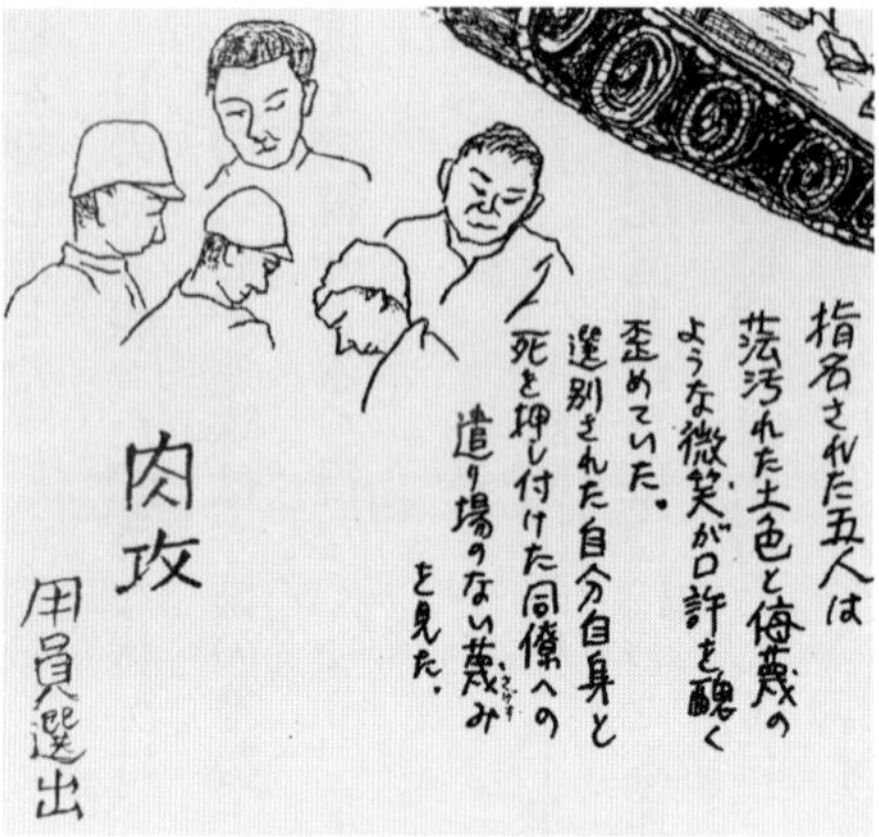

写真30　肉攻用員選出
（松本さんが描いたイラスト）

誰も志願しない。松本さんは、『軍曹の視線を避け、息詰まる思いに脂汗が流れた。胸の鼓動が痛くなり、体内を熱湯が走る。少しでも動けば軍曹の目にとまり選抜される。石のように動かない。やがて軍曹は五人を指名した。指名された五人は、薄汚れた土色と侮蔑のような微笑が口許を醜く歪めていた。選別された自分自身と死を押し付けた同僚へのやり場のない蔑みを見た』（写真30）と今でも脳裡に残ると言う。前年、ドイツが降伏してヨーロッパ戦線の負担がなくなったソ連軍は充分に準備し、近代的な重火器を装備して昼間に大攻撃をかけて来たのに対し、関東軍はそれに対する抵抗力は殆んどなかったに等しく、夜間の攻撃を重視して自爆の切り込み作戦に出た。しかし、移動しない夜間の戦車やトラックなどの重量物に対してはそれほどの成果は無かった。

４　松本茂雄さんの生への執念

玉砕を宿命とした第一二四師団は一万五千名を擁していたが、戦死者は四千名を超えると推定されている。防衛省防衛研究所の資料には「四散消滅」とある。その生き残りも殆どがシベリア抑留となった。松本茂雄さんは所属大隊の迫撃砲を破壊され、陣地を放棄し近くの山に移動したが、銃弾を脚に受け倒れ、意識が回復した時は仲間の死体の中にいた。そこをソ連の歩兵隊が行軍しており、敵に発見されると自覚した。

「残されたのは自分独り、絶体絶命・もはや脱出不能。私が手榴弾を投げれば、敵は自動小銃を撃ちまくるだろう」

しかし、微動だにせず遺体に成りすましたのが成功したのを知ったのは随分時間が経ってからであった。一時間に身体をどれほど動かし移動したか記憶にないほど蒸れる夏草と篭もる死臭の中で

写真31　絶対絶命
（松本さんが描いたイラスト）

じっとしていた（写真31）。

ソ連軍の車列が煌々と明かりをつけて進軍する中、深夜、命がけで突破し、司令部のある方向には向かわず、山道を目指した。同じ頃、五〇〇《メートル》先を司令部方向に向かう同年兵ら二〇人は敵に射殺された。途中同じような敗走する日本兵と一緒になって山道を南の延吉方面を目指したことが幸いして、生き残れた。ソ連に武装解除され、延吉収容所に送られた後「ウラジオストックには日本の輸送船が出迎えて待っている」と騙され、シベリア抑留となった。

抑留から三年経った頃、突然帰国することになったが、家族に便りを出した時、自分の戦死を知った。八月十三日から十八日にかけてのソ連軍との穆稜の攻防戦で、同僚は「松本茂雄さんは射殺されたようだ」と報告していたのだ。戦死公報について福島県は昭和二十二年九月、「当人（松本茂雄）より家族にソ連に生存している旨の通信があったことに就いて……此程同隊の戦友の申出によって処理した旨回答があったので戦友石垣哲雄に真実を調査せるところ、受弾戦死したと他の戦友の又聞きを留守業務局に通報したことが判明した。右によって生存していると認め戦死に関する一切の書類は之を取り消し本籍地村長に通報した」と松本さんは戸籍上も生き返ったのである。

この話を聞き、私の母親が九十六歳で亡くなるまで「あなた達のお父さんが死んだ証拠は何もない」と言い続け、戦死公報を受け入れようとしなかった気持ちは痛いほど分かる。

また、松本茂雄さんは平成二十二年九月二十一日、朝日新聞の「声語りつぐ戦争」に『奪ったメガネ、六十五年後の謝罪』と題して、「ソ連軍との交戦中に負傷したまま捕虜となり、シベリアへ連行され、傷が悪化して入院中、下のベッドにいた同年代の危篤の戦友の顔からメガネをはずし、自分のものとした」自責の念と懺悔《ざんげ》の気持ちを記している。松本さんは、「戦闘中にメガネをなくし、戦友のメガネのおかげで三年間の苛酷な抑留生活耐え抜くことが出来た。しかし、断りもなしに大事なものを奪ったのか、それともどうせ捨てられてしまう所持品を活用させてもらったのか、あれから六五年、このことがずっと心に引っかかって離れなかった。あなたとの思い出はこれからも決して忘れない」と語りかけている。

生き抜くための執念と生かされたことの有難みを知る人ならではの声である。

第6章　現実を直視しない日本軍最高幹部

1　ソ連参戦後の最高戦争指導者の対応

昭和二十年八月九日のソ連参戦と長崎への原爆投下という出来事は、戦争継続が困難となったことは最高戦争指導会議の構成員六名全員が認めながら、ポツダム宣言の受託について無条件とするか条件つきとするかで意見が分かれ、纏《まと》めることが出来なかった。即ち、天皇制の国体護持のみを留保条件とする鈴木首相、米内海相、東郷外相の終戦派三名と戦犯処置の件や武装解除の件を条件とする阿南陸相、梅津参謀総長、豊田軍令部総長の戦争継続派三名と意見が分かれ、朝から深夜まで繰り返し最高指導会議と臨時閣議を開くも、東郷外相が「勝利の成算がない状況では直ぐに和平に応じる必要がある。多数の条件を出せば話が根本的に壊れる覚悟を要する。条件は絶対必要なものだけに限る必要がある。早い時期において戦争を終結する以外に方策なし」と強調したにも拘らず、戦争継続派三名は「戦争状態継続の外ない」と主張し、臨時閣議を二回も開きながら、鈴木首相は陸相が辞職すると内閣の機能を発揮できなくなる惧《おそ》れから、戦争終結へのリーダーシップを発揮出来ず、内閣の意見を纏めることが出来なかった。昭和天皇が「ポツダム宣言を受諾して戦争を終結する外なし」と考えていることを知っていた鈴木首相は九日深夜になって、天皇の聖断を仰ぐかたちで御前会議（最高戦争指導会議に天皇を加えたもの。重要な国策を決定するために、天皇出席のもとに開かれた会議）開催に何とかこぎつけ、翌八月十日午前二時過ぎまで開催された御前会議で「外務大臣案の皇室天皇統治大権の確認のみを条件としポツダム宣言受諾」を決定した。

2　日本軍の戦争継続論が満州の悲劇を拡大させた

日本陸軍を主とする本土決戦措置はソ連の参戦なしとの前提の下に押し進められてきたものである。その前提がソ連軍による八月九日の満州への侵攻という参戦によって根底から覆されたのである。しかし、内地（日本本土内）には数百万の軍隊が存在し、その軍の中枢部は本土決戦を主張する意見が優勢を占めていた。一九四五年六月以降、制空権、制海権ともに失っている日本に対し、米機動部隊は艦載機で本土攻撃を激化していた。つまりは「やられ放題」だったのであり、「一撃を加える」というレベルではないというのが、終戦直前の実相《じっそう》だった。本土防空体勢は壊滅状態になっているにも拘らず、梅津参謀総長は会議で次のように主張している。

「武装解除の問題だが、周知の如く日本の軍隊は今迄公然と降伏ということを許されていない、勿論命令されたこともない。陸海軍刑法では降伏には概ね重刑を以って臨んでいる。降伏という字は日本の軍人の辞書にはなかった」

「軍隊教育では武器を失ったら手で戦え、手が駄目になったら足で戦え、手も足も使えなくなったら口で喰いつけ、いよいよ駄目になら舌を噛み切って自決しろとまで教えていた。この如き教育を受けた軍隊に対して、武器を投じて降伏せよというような命令が出ても、前線で果たしてうまく実行されるかどうか非常に疑問がある」

　これが終戦直前の最高戦争指導会議の会話である。

　確かに戦陣訓（昭和十六年一月、当時の東条英機陸相が軍人勅諭の実践を目的に公布した行動規範）には、「本訓其の一（中略）『特に戦陣は、服従の精神実践の極致を発揮すべき処とす。死生困苦の間に処し、命令一下欣然として死地に投じ、黙々として献身服行の実践を挙ぐるもの、実に我が軍人精神の精華なり。（中略）上下各々其の分を厳守し、常に隊長の意図に従ひ、誠心を他の腹中に置き、生死利害を超越して、全体の為己を没するの覚悟なかるべからず。（中略）陣地は死すとも敵に委すること勿《なか》れ。（中略）屍を戦野に曝すは固より軍人の覚悟なり』」と最前線にあっては玉砕の精神を忘れるなと謳っている。

同会議で阿南陸相は梅津参謀総長の意見に賛同し、ポツダム宣言の無条件受諾には強硬に反対した。そして「究極的に勝つという確算は立ち得ないが、しかしまだ一戦は交えられる。うまくいけば上陸軍を撃退することが出来る。しかし戦争であるからうまくいくとばかり考えるわけにはいかない」と述べ、〝一億玉砕〟〝本土決戦〟と威勢のいい言葉と裏腹に、それがただのスローガンに過ぎないことも吐露している。もはや作文と指摘されても致し方ない戦争継続論を戦争最高指導会議は無責任な議論を展開していたのである。更に阿南陸相は満州の戦況などについて、関東軍の敗走という現実に目を向けず、次のように説明している。

「満州の東の国境は防禦も固く、兵力も多い。北部方面は国境を突破せず、いずれも大部隊にあらず。原子爆弾、ソ連の参戦、これに対しソロバンづくでは勝利のメドがない。併し、大和民族の名誉のため戦い続けている中になんらかのチャンスがある。武装解除は不可能である。外地に於いて殊に然りで、事実戦争状態継続の外はない。死中活を求むる戦法に出づれば完敗を喫することなくむしろ戦局を好転させうる公算もあり得る」（この項「終戦史録　編纂外務省」による）

満州東部国境を一五〇万の兵力をもって怒濤の侵攻で突破したソ連軍に、充分な武器もない〝張子の虎〟であった日本の国境守備隊は玉砕命令を強いられ、なす術なく壊滅した。その一方で、彼我《ひが》の戦況を把握していた関東軍幹部と満州国政府は、八月八日のソ連の宣戦布告を知っていたことから、ソ連が侵攻した翌十日には首都新京を密かに脱出し、一般国民や満州開拓団を棄民するが如く朝鮮や満州南東部の通化に避難・逃亡した。八月九日という同じ日の戦争最高指導者の発言は無能・無責任等の言葉だけでは言い尽くせない許し難いものである。

関東軍を含めて日本陸軍は高級軍人と下級兵士の二つの階層があり、その運命において天と地ほどの開きがある（保坂正康著『帝国軍人の弁明』）。保坂氏が指摘するのは、「〈死〉は下級兵士にとっては日常であり、それはしだいに恐れる対象ではなくなるということでもある。これに対して高級軍人のとって、〈死〉とは必ずしも日常ではない。陸軍大学校を卒業したエリート軍人などは実際に戦地に赴くことは決して多くはない（逆に、戦地から安全な地域に逃げてしまった将官もいるではないか）。ある高級軍人の書には「兵隊教育とは狂人化させることだ」との一節がある。昭和陸軍の実態はまさにこの語にふさわしく『強制や脅迫といった形で戦場に駆り立てる』のが実態だったと言える。〈死〉という〈脅迫〉によって、高級軍人と下級兵士の間には明確な線が引かれていると言っていい」

ポツダム宣言受諾を巡る戦争最高指導会議の発言と満州国境最前線にあって自爆攻撃の指名から逃れたものの、ソ連軍の圧倒的戦力の猛攻撃にからくも九死に一生を得て生きのびた下級兵士の松本茂雄さんの証言を比べると、保坂正康氏の指摘は正鵠《せいこく》を得ており、間違ってはいない。

3　終戦一ヶ月前に満州放棄の方針決定

関東軍は満州にあった日本陸軍部隊のことであり、日本陸軍はソ連を仮想敵国として対ソ戦備を第一としていたので、国境を隔てて極東ソ連軍と対峙する関東軍はいわば最前線の部隊であったが、太平洋戦争開戦後、次々とその兵力を南方戦線に抽出転用されるようになり、一九四五年四月の段階では最盛期の約二分の一まで低下していたと言われ、〝カカシ〟〝張子の虎〟状態となっていた。ソ連軍を騙すためとはいえ、その実態が満州在留邦人にも伏せられていた。

また、一九四五年三月十日、陸軍記念日の行事として四合屯高知開拓団近隣の在郷軍人を集めた査《さ》閲《えつ》の後、在郷軍人分会長が開拓団長と校長に極秘情報として、全満州の在郷軍人分会長を集めて関東軍司令官より訓示があった。その内容は、親兄弟にも妻にも絶対に漏らしてはならない極々秘密なことだからと前置きして、「いまや日本の海軍は全滅してしまっている。次ぎは沖縄を含めた日本本土決戦の段階にきている。日本では一億総武装の決意に燃えて、男女を問わず、大人も子どもも竹槍その他あらゆる武装を整え、必勝の信念で決戦に備えている。関東軍も決戦に備えて本土への配置がえが行なわれ、満州は相当手薄な状況にある。しかし、もし不幸にして日本本土決戦が思わしくいかない時は、関東軍は天皇陛下をお迎えして、長白山脈《ちょうはくさんみゃく》にたてこもり、ここで決戦の覚悟である」ということであったそうだ。この訓示を聞いた在郷軍人分会長の顔色はさすがに青くなったと言う。終戦半年前には、日本海軍の全滅は、大本営の報道管制とは裏腹に満州首都・新京でもウワサとして拡がっていたのである。

これも終戦後明らかになったことだが、日本の敗戦が色濃くなった終戦の一ヶ月前の七月五日の段階で、関東軍総司令部は後方に撤退する対露作戦計画を作成していた。確保すると決めた領域は、満州全土の四分の一にあたり、放棄の対象となったのは満州全土の四分の三の地域で、そこには凡そ三〇万人の日本人が居住していた。

大本営と関東軍は撤退方針を満州在住の一五〇万の在留民に知らせなかったのみならず、関東軍報道部長・長谷川守一大佐は八月二日、新京（現・長春）放送局から、「関東軍は盤石の安きにある。邦人、とくに国境開拓団の諸君は安んじて生業に励むがよろしい」と前線に置き去りにされた自国民を欺《あざむ》くラジオ放送している。体制（軍および指導者）護持のため平気でウソをついたのである。放棄が予定される地域の防衛と開拓移民の保護はしないとする作戦から、国境地域の開拓民の後方への引揚げに反対し後方撤退をさせなかった。

この対露作戦計画に基づき八月九日、ソ連軍が侵攻してくると、関東軍は満鉄の全組織を自らの監督下に組み入れた。各駅には軍人の駅司令官を配置し、すべての現地指揮を執った。軍と政府関係者およびその家族だけが朝鮮経由でさっさと帰国するためだ。

八月十日午前九時、関東軍は総司令部と政府機関の新京から通化への移転を実行した。撤退命令を受けた前線の主力部隊は、ソ連軍に背を向けてぞくぞくと後退を始めた。

国都・新京の一番列車は十日午後六時発で、集合の早かった軍関係家族が乗った。この後も集合の早い順、即ち軍、官、民の順で疎開が行なわれる結果となった。奉天も事情は同じで、九日深夜に軍閥関係者を乗せて奉天駅を出発、満州でも一番早かった疎開列車であった。十日になると朝鮮との国境の駅、安東駅を通過する列車もあれば安東駅が終点のものも多かった。列車は貨車、それも無蓋車で溢れるほど乗っていたのは非戦闘員の婦女子であったと言う。十日から十五日までに安東駅を通過して朝鮮に逃れた軍官を中心とする疎開民は約十万人、安東駅に下車、そのまま安東に留まった数は約三万五千にも及んだ。安東は日本に近いことと治安が最も良かったために、数えきれない避難民や除隊兵が流れ込んできたので、安東市の日本人は一週間足らずの間に倍増し、安東の日本人町は難民の街と化した。

第7章　日本国民への裏切り行為が悲劇を拡大

1　われ先に逃げた軍と官の醜態

満州脱出に関して、本来満州国の邦人を保護する立場の関東軍や満州国政府機関が、民間人を捨てて自分達だけが列車で早々と退却しているのを様々な立場の人が証言している。

①　森下軍医大尉の手記（昭和二十年十月二十二日付　朝日新聞）

「八月十一日午前三時四十五分伝令が来て作戦上の要求から午前四時三十分新京発の疎開列車で婦女子は疎開を命ぜられたが、各家庭は荷物一個の携行が許されてゐるだけだと伝えて来た。私は家族四名を促し疎開列車に乗って南下した、列車は貨物で総員三千二百名の婦女子で婦女子二十名に一名の割合で男が同行した。十二日午前八時新義州を通過したが疎開地は北鮮の宣川……十五日宣川の郡守から出頭を命ぜられ終戦を知った」

②山本茂三（平和の礎～海外引揚者が語り継ぐ労苦①～満州国総務長官秘書）

「昭和二十年四、五月頃から日本政府が戦争終結の動きがあったことは承知していた、八月に入ると、満系の友人などから、日本政府がポツダム宣言を受け入れる方向で動き出したとの情報を得た。八月十三日夜、ソ連軍が参戦して新京まで侵攻するであろうとのことで、妻と子供三人を無蓋車に乗せ疎開させることにした。安東から朝鮮経由で内地に向かい南下するようにした。送り出した新京駅は日本人避難民が順番待ちでごった返しのまさにこの世の地獄であった」

③小沢昌子（平和の礎～海外引揚者が語り継ぐ労苦⑬～満鉄社員の家族）

「八月十一日大至急荷物をまとめて、鮮満国境を越えて朝鮮の釜山まで南下することになった。この時、関東軍の家族は既に引揚げていたことを後になって知った。新京駅から貨物列車は大勢の新京脱出者を乗せ出発、数時間かかって鮮満国境の街、安東駅に到着。安東駅には知人が迎えにきていて、情勢を見極めて、次の行動に移るのが良いのではないかとの話で、その通りにし確保してあった家に入った。八月十五日、指定された場所に集合して、そこで終戦を知る」

④篠崎正卓（平和の礎～海外引揚者が語り継ぐ労苦⑯～満鉄社員の家族　当時十三歳）

「八月十一日正午過ぎ学校から『満鉄社員の子弟は朝鮮に疎開することになったから、至急帰宅せよ』との指示があった。八月十二日午前二時ごろ、家族全員で奉天駅に向かう。父は私に有蓋貨車編成の列車に乗車の指示をした。午前十時満員すし詰めの疎開者を乗せ朝鮮向けに出発した。八月十三日夜中に朝鮮に入った」

⑤ 塚原 節（平和の礎～海外引揚者が語り継ぐ労苦⑱～奉天の浪速高等女学校、学徒動員令で奉天郊外の満鉄工場配属）

「八月十三日、隣組を通して『各戸より一人、シャベルを持って集れ』との急布告が届いた。私は学校を休んで道向こうの低い丘に集り、五メートルの間隔で、深さ八十センチ位の穴を掘ることを命じられた。これがいわゆる〝たこつぼ〟だった。兵隊は『明後日の午前あたり、ソ連の戦車部隊がこの本渓湖の街に到着すると推測される。よって明後日の朝、各自に爆弾を渡すから、それを持って各穴に入って待機。戦車が到着したら、爆弾もろともどの戦車でもよいから飛び込むこと、分かったか』『では明後日七時、必ずここに集ること』と厳しく言い放って去っていった。そして、二日後の八月十五日、爆弾を受け取ることなく終戦となった」

2 満拓公社設立と強引な土地収用

ここでソ連国境に国策として武装移民の使命を帯びて配置された満州開拓団について振り返ってみる。

満州開拓移民の始まりは、一九三二年三月一日、満州国建国宣言をした五ヶ月後の八月十六日、日本政府拓務省が〝満州試験移民案〟を閣議決定したことに始まる。二ヶ月後の十月には第一次満州試験移民（＝武装移民）が出発している。一九三五年十二月、満州国と満鉄それに三井、三菱の財閥が出資して満州拓殖株式会社を設立し、移民用地の買収・経営にあたり、一九三七年には満州拓殖公社となった。

一九三七年七月、日中戦争が始まると、日本政府の満州開拓政策は本格化した。『満州開拓移民二十年間に、一〇〇万戸、五〇〇万人送出計画』に基づき、集団移民送出計画遂行のため各県指導のもとに各町村でその分村として、満州に開拓村を作り、移住させることにした。

当時「一人十町歩（三万坪）の地主になれる」という謳《うた》い文句は、土地を持てない貧しい農家の次男、三男には大きな魅力だった。

一九三七年十一月、『満州に対する青年移民送出に関する件』（満蒙開拓青少年義勇軍）を閣議決定。一九四二年一月、『満州開拓第二期五ヶ年計画要綱』閣議決定。満蒙開拓団は対ソ戦の布陣であったが当初、二十年間に一〇〇万戸、五〇〇万人の移住を目標とした。当時の日本の農業人口一、五〇〇万人の三分の一にもなる。夢のような厖大な計画は実現するわけはなく、一九四五年五月の時点で、満蒙開拓団は約二七万人であった。しかも、日本政府の一方的な政策で推進された歓迎されざる移民だった。日本の開拓民がやってきた土地は、処女地を開拓した村は別として大部分は中国人達が開拓し田畑として使っていたものだった。特に良い条件を持った土地は、否応なしに取り上げられるか、強制的に安い値段で買い上げられ、日本政府と日本財閥の協同出資で設立された満州開拓公社の土地になった。そのために中国人は新たな開墾を要する土地に移り、また一～二年間は農作物を作る準備に追われることになり、どんなに広大な土地を持っていても、農業を営むことが困難になったものは農地を離れ、苦力《クリー》に転落したり、街の馬車夫になっていかざるを得なかったのである。更には一九四〇年頃より日本政府は大豆、小麦の強制徴収を始め、その量は戦争拡大とともに増加していった。

日本からやってきた開拓団民達はみな農民で、小作農民が大半だった。日本では惨めな生活しか出来なかった者も多かった。そこへ、おりから国をあげて満州開拓奨励が鳴り物入りで宣伝されるようになったので、さっそくそれに飛びついた。「満州の土地を耕すことが、日本の発展に繫がるのだ」という思いと、少しでもましな生活がしてみたい一心で満州に脱出し、そこに第二の故郷を築いたのであった。しかし開拓民は、「開墾しようと満州に着いたら、すでに家も畑もあり，元々は中国の人のものだ」と知った。自分達が使っている土地は中国人や朝鮮人たちから強奪した土地であることは明らかで、彼等を小作や日雇いとして使っている生活に、絶えず胸のどこかに痛みを呼び起こすトゲのようなものを、忘れることが出来なかった開拓民も数多くいた。おとなしく開拓団員の水田の小作人となった中国人の反感が極めて強いことは開拓民は知っていたのである。

3　悲惨な満州開拓団民の逃避行

ソ連軍に追われた日本開拓民が避難するのを、彼等農民は敵意を持った眼でじっと見ているだけではなかった。関東軍が武装解除し、開拓団も自衛用の武器を捨てると、それまで土地を奪われ、日本人の風下に立たされていた中国人の怒りが爆発した。彼等は暴民と化して、大勢で丸腰の開拓団を襲った。大勢で取り囲んで物を強奪したり、夜、開拓民が畑や林の中、あるいは川や沼のほとりで、野宿して寝ている間に衣類を盗んだり、死んだ日本兵の靴を取ったり、肉体的にも精神的にもボロボロになりながら、避難している開拓民に容赦ない仕打ちをすることも多かった。

開拓民は生死の境をさまよい、体力と気力の極限に耐えかね、自分の幼子を畑の中に捨ててきたり、動けなくなった肉親を路傍に置いてきぼりにしたりする者も多かった。やっと辿りついた大都会の収容所でも、「一人一畳の空間もなく、荒ムシロが敷いてあるだけで、人いきれと異臭ですえ果てていくような空気がよどんで、異臭には死臭と排泄物の臭いが入り混じっていた。ムシロに横たわってすでに目をとじてしまっている人がいた、死んだ赤子を背負って放心したような母親がいました」（ハルピンの花園収容所にて坂本龍彦）。逃げ惑い、はいずりまわる逃避行の中で無残な数々の死体に接しているうち、いつしか人の死について、次第に鈍感になっていくのもやむを得なかったと引揚げ後、述懐している。

一九四五年五月三十日、大本営は本土防衛のため、朝鮮半島及び満州地域を絶対的防衛地域とし、満州の四分の三を持久戦のための戦場とすることを決定した。即ち、満州開拓地の防衛と開拓民の保護を放棄したのである。更には、四十八歳以下の男性を召集する〝根こそぎ動員〟がかかり、開拓地の男性は老人のみとなった。

①佐々木俶子（平和の礎～海外引揚者が語り継ぐ労苦②～岐阜県　開拓団）
「八月九日、頼みとする関東軍はいち早く撤退してしまい、まるでゴミのように国境の最前線に置き去りにされた老幼婦女子はまさに生と死の想像を絶する彷徨《ほうこう》の日が始まった。私達開拓団家族の群れは、約一年にわたる逃避行の中で、八万にも及ぶ尊い生命が次から次へと荒野の地に冷たい骸《むくろ》と化していった」

②石川初吉（平和の礎～海外引揚者が語り継ぐ労苦⑬～群馬県　ハルピン工業大学生）
「八月十五日、囚人部隊のソ連軍がハルピンに入ってきて、略奪、暴行はあたり前、日本人男性の拉致が始まる。九月末、日本人会が組織され、市中も平穏になってきた。当時関東軍では、将校は営外居住を認められソ連軍の侵攻が始まるとすぐに特別軍用列車を仕立て、それら家族や関係者に食糧衣類等十分に持たせて、安全圏に避難させた。残された一般在留邦人達は悲惨だった。たいていの人は歩くしかなかった。途中なけなしの食糧品を略奪されて食べるにもこ

と欠き、栄養失調で倒れる者が多かった」

③　苗村富子（平和の礎〜海外引揚者が語り継ぐ労苦⑭〜東京都）

「国の大量移民政策による第一年度の募集で結団された龍爪開拓団の主人と結婚した。八月九日、ソ連軍が国境の各地から戦車先頭に不法侵入してきたので、避難の準備をするようにという連絡がはいる。当時、滋賀村の男性は九〇％が関東軍の根こそぎ動員で、四月から五月にかけて召集され不在だった。八月十一日、『龍爪《りゅうそう》開拓団では、みんなと行動を共にするので、本部に集合されたい』との連絡がはいる。団本部に向かって半里ばかり行ったところで、ソ連軍の飛行機から機銃掃射を受ける。急いで麦畑に潜み、しばらくたって頭を上げて、林口《りんこう》街のほうをみると、関東軍関係の家族とか、女子軍属の一団を乗せた列車が走り去るのが見えた。これが同じ日本人なのかと悔しく思った。二歳と四歳の子を背中に括《くく》りつけ、六歳の男の子を引いて歩きだしました。やっとの思いで団本部に着いたが、すでに本部の大部分の人は出発していませんでした。休む間もなく団本部の主力を追って険しい山道を平均一日五、六里は歩きました。我が家をでて十二日目、横道河子《おうどうかし》の部落にでて、白系ロシア人に親切にしてもらった。八月二十一日、河を渡った対岸には在ハルピン部隊の日本軍が集結していた。通りすがりの日本兵が『背中の子供が、ちょっと、おかしいよ』と言って注意してくれ、二歳の子を背中から降ろすと、もう死んでいました。十月二十八日、奉天収容所にたどり着く。収容所は学校の講堂だったので、床はコンクリート敷き。そのうち腸チフスが流行し、毎日収容所だけでも一〇〇人くらいが死んでいた。死者が出ると、現地の人が来て、纏っている衣服を剝ぎ取り、素っ裸のままどこかに運んでいきました」

④ 渡辺よね（平和の礎～海外引揚者が語り継ぐ労苦⑫～静岡県）

「昭和二十年三月、満蒙開拓団員と結婚、三江省樺川県千振大林義勇軍開拓団にはいる。昭和二十年七月末、『今日から軍事訓練をするので、全員集合せよ』と連絡がはいる。〝軍人勅諭〟〝五か条の御誓文〟〝開拓女性綱領〟を覚えるよう手帳を手渡される。訓練は週三日で、日ごとに厳しくなっていった。八月九日、国境からソ連軍が不意に侵攻。開拓団全員で十二台の馬車に分乗し、依蘭《いらん》に向かって出発。依蘭に近づくに従って、北満の開拓団などから集ってくる避難民が増え、二千人くらいの大集団となった。八月十五日、依蘭の街に到着。建物は破壊され、爆撃の跡もあった。銃撃を受けたので、なんとか松花江を渡るが、背負ってきた荷物は殆んど置いてきた。道なき道を歩き、山を越えてただひたすらに歩きました。逃避行の間、非常にひどい仕打ちをする人、見て見ぬふりをする人、親切にいたわってくれる人など、現地人でもそれぞれ、私達に接する態度は千差万別でした」

〝開拓女性綱領〟は正確には〝女子拓殖指導者提要〟で、開拓政策遂行の一翼として、「大和民族の純潔を保持すること。日本婦道を大陸に移植し満州新文化を創建すること」などを、明文化している。武装移民として入植した開拓団の婦女子に対する軍人勅諭の女性版とも言えるもので、日本軍の敗色濃厚な終戦直前にあえて手渡す真意が何処にあるのかは容易に想像できる。

⑤竹内嗣欣（平和の礎～海外引揚者が語り継ぐ労苦⑨～岩手県）

「八月十六日終戦の連絡がはいった。間もなく暴民の襲撃が始まった。九月十一日原住民の大包囲網の中、三家族十四人が墓の前で、『自分達は、満州開拓に骨をうずめるために来たのだから、ここで死を決する。もし内地に帰れた時は、終戦前に召集された夫や息子、また親戚の者に、ここに至った心境を是非伝えてもらいたい』と遺言を残し集団自決したのを、涙ながらに見届けた。その後、部落へ近づき始めると原住民に包囲され、衣類のはぎ取り、略奪が始まる。彼らはとにかく衣類が欲しいのである。しばらく高粱畑《こうりゃんばたけ》を逃げ回ったがついにつかまり、住民に服、シャツ、脚絆《きゃはん》、ズボン、最後はフンドシまで取られて、丸裸となった。あまりにもみじめな我が姿にしばし放心状態でいた。気がつくと、物取りが終わった住民達は三々五々、高粱畑を去っていく。この時初めて戦争に負けたということを、身をもって体験した。……我に返り、見知らぬ一人の中年の男性に語りかけ、『ズボンをくれ』と言うと、丸裸の姿に心を動かされたのか、三枚はいていた夏用のズボンを脱いでくれた。地獄の中の仏の如く感じた」

満州都市部への疎開者の中でも特に開拓団および東北満州奥地から避難してきた者は、文字通り着の身着のままで、全くおおわんばかりの悲惨な姿で都市部へ続々到着してきたのを満州在住の日本人は目撃している。

ロシア人や中国人が多く住む国際都市ハルピンでは、敗戦直後から中国人の商店の家々には晴天白日旗がひるがえり、子どもまでもが小旗を振って遊び、進駐してきたソ連軍は凶暴な囚人兵が自動小銃を手に、日本人の家に押しかけ、時計や万年筆や角砂糖を欲しがったと言う。気に入らないとだれかれとなく小銃を撃つので、生きた心地がしなかったと言う。ハルピン市民は目をそむけたくなるような光景に、在留邦人の運命が一変したことを体験する。

「満蒙開拓団の避難民が、毎日、奥地からモストワヤ街の居留民会近くに続々とやって来た。コモをまとい、ぼろぼろに疲れてたどり着くその姿は、これが日本人か、と胸がつぶれる思いであったが、ただ眺めるだけでどうすることも出来なかった。そして、小学校や女学校などの収容所では、毎日何人もの日本人が栄養失調と伝染病であっけなく死んでいったり、収容所の中は、死を待つ、うつろな日本人でいっぱいであった。母は、収容所に手伝いに行ったり、バザールに立ち売りに出かけたりの毎日を過ごしていた」（小林桂三郎編『戦火に生きた父母たち ―中学生の聞き書き』）

満州開拓第一次武装開拓団の試験移民（昭和八年四月入植）として当時の新聞にも大きく取り上げられるなど、脚光を浴びた開拓団弥栄村の逃避行は、ソ連兵や満州人暴徒の攻撃や襲撃は受けなかったが、一団約一、八〇〇人のうち四六四人が飢えと寒さと栄養失調などで命を失った。

4　見棄てられた国境開拓団の末路

国境周辺に入植していた開拓団は、いざという時は戦うことを教育された武装集団であったが、関東軍に撤退命令が出たことも、彼らには知らされてなかった。その上、根こそぎ動員によって、青壮年男子全員が戦場に駆りだされ、残ったのは老人と婦女子だけで、銃を取ろうにも、その銃さえなかったのである。

①　高社郷開拓団（長野県　佳木斯付近に入植）

「ソ連侵攻と聞いた団員達は、宝清の守備隊から軍命令が出て、南下の執ような催促があり、軍命令違反も出来ないとついに団を放棄、十一日朝、守備隊に着いた。着いてみるとなんということだろう。命令を出した守備隊は逃げて一兵もおらず、団員達は失望のどん底に落とされ、怒りにふるえた。それからは悲惨きわまりない逃避行が始まった。放心したように愛児を荒野の中に捨てる母親。老人の中には足手まといになるからと自決するものが続出、（中略）二、五〇〇人にふくれあがった難民の群れは、重い足を引きずって依蘭めざして歩きだした。十七日、土砂降りの雨の中を河を渡らなければならなかった。この川の橋も関東軍が逃げる時に破壊していたため、男達が馬の手綱を何本もつないで渡った。多くの人々が流され、三〇人ばかり消えた。ところが二十三日、超低空で飛来したソ連偵察機一機が近くの畑に不時着したのを、一部の団員がこれを襲撃してしまった。ソ連軍の報復攻撃は必至と思われた。ソ連軍に会えば『男は皆殺し、女は強姦される』という流言《りゅうげん》がまことしやかにささやかれた。団幹部は進退きわまった。二十四日、ついに団長は声涙《せいるい》くだる訓示をし『万事休す、ここ北満の土になろう』と自決の覚悟をうながし、『ただし体力に自信のある人は、どうかここを脱出してわれわれの最期を故郷の人びとに伝えてほしい』と訴えた。こうして、終戦の報を知らないまま、二十五日午前四時、婦人や老人・子ども達の凄惨きわまりない自決が始まった。火葬場に予定された馬小屋に子どもの手を引いて母親達は去った。団員達による読経の声が流れる中で銃声が響いた。……馬小屋は死体の山となった。その数五一四人。やがて馬小屋に火がつけられ黒煙が高く上がった。最初は死を決心した人でも、その凄惨さに逃げだした人もあった。記録によれば、生還者は一二〇人とある」(『平和のかけはし』信濃毎日新聞社発行)

② 読書村開拓団（長野県　松花江付近に入植）

「読書村《よみかきむら》開拓団には六つの部落があった。そのうち二部落が八月十五日の夕方、現地の中国人数百人の襲撃にあった。中国人達は、草刈ガマ・フォーク・まき割り・日本刀・小銃や軍事訓練用に開拓団員が作っていた竹槍等で襲いかかり、根こそぎ動員で男のいない婦人・老人・子ども達はなんの抵抗もできず、頭を割られ、ノドを刺され、腹や胸を突かれ、二二七人中一〇一

人が惨殺された」（『北満の哀歌』から要約）

③　来民開拓団（熊本県　松花江付近に入植）

「中国人にだまされて、警備用銃器類を手離した団員達は、武装した中国人数千人に包囲され、竹槍などで応戦したがどうにもならず、全員絶望のあまり、薬を飲んだり、刃物でお互いにノドを突きあったりして自決。故郷への状況報告のため、ただ一人代表として帰還させられた宮本さんは次のように書いている。『いよいよ敵に追いつめられた頃、カンカンカン、鐘がなった。自決の合図だ。自決場となっている加工場へ急ぐ女達を、刀を振りまわしながら、目の端で追った。私は夢中で敵が加工場に入らぬよう戦った。……やがて、団長の声を先頭にバンザイの声が聞こえてきた。……数分後、加工場からパッと火の手が上がった。二七二人の自決は終わった』」（『潮』一九七一年八月特集号記事から要約）

一九四五年四月五日、ソ連は日ソ中立条約を将来廃棄することを日本政府に通告し、対独ソ戦で勝利した兵力をソ満国境に集結させていたことを関東軍でも把握していた。大本営の対ソ政策、即ち「日本人の後方避難はソ連の警戒心を引き起こし、軍の作戦意図を察知させる」という理由で、ソ連軍が侵攻してきた後も、「全員は別命あるまでその地に踏み止まり、場合によっては死守せよ」と命令している。しかし、南方戦線で敗北消耗した兵力補充のため、一九四四年初めから何十万という精鋭部隊を関東軍から引き抜いて転進させているが、武装した軍隊の移動はさしつかえなくて、どうして民間人の引越しはダメなのか、一般居留民はそのままにしておき、ソ連参戦直前に軍人家族を満載した列車が朝鮮国境目指していったのか。

「民間人を置き去り事件」に対する無反省な旧軍幹部は、「軍は作戦を最優先せねばならない。敵に気づかれず、ひそかに撤退するのも任務なのだ。多少の犠牲はやむを得ない。それが戦争なのだ。当時はしかたがなかった」と終戦後も平然と言い訳している。居留民を見捨てての関東軍の隠密の「撤退～避難」は「作戦」という名で正当化している。一五五万の満州在留一般邦人は、苦難の引揚げ後も怒りを抑えることは出来ないし、決して忘れることが出来ない。

国境地帯から都市部への逃避行の手段は、徒歩以外になく、二七万人の開拓民のうち七八、五〇〇余人が、ソ連軍の攻撃と暴徒化した地元民の襲撃、そして飢えと栄養失調、傷病によって命を失った。

5　さまよう満蒙開拓青少年義勇軍

満蒙開拓で忘れてならないのは、日中戦争が拡大の一途を辿る中、二十代、三十代の農村青年が次々と兵役に召集され、満州農業移民計画の目標達成がおぼつかなくなり、登場したのが満蒙開拓義勇軍編成であった。ただの移民ではなく、屯田兵的な、いざとなれば戦える移民の重要性が考えられた。

一九三八年（昭和十三年）一月、「満州青少年移民実施要項」に基づいて、募集が開始された。募集要項によると、小学校を卒業し、数え年十六歳から十九歳までの身体強健なる男子で、父母の承諾を得たものであれば誰でもよかった。成人移民を補充するものでありながら、その名称が青少年移民でなく、青少年義勇軍であるのは、当時軍国主義的意識の高揚した青少年に訴えるためであった。その狙いが功を奏して、成人移民が貧農層中心であったのに対し、青少年義勇軍は高等小学校の成績上位・中位層が中心となった。自由応募が原則であったが、実態は都道府県を通して各学校へ割当数が決められ、担当教師が主体的に応募するよう働きかけた。各都道府県で選抜された青少年三〇〇名を一個中隊と編成し、茨城県内原訓練所で三ヶ月の基礎訓練を経て、満州、主として北満各地の訓練所で農業訓練と軍事訓練を受け、国境線に配備された関東軍予備軍の性格を持ち合わせて、開拓地に義勇開拓団として入植した。

日本政府は過酷な状況に少年達を送り込むために、精神性を付与し、〝鍬《くわ》の戦士〟と讃えた。満蒙開拓青少年義勇軍は、満州国内では中国人の感情を刺激するとの理由で〝満蒙開拓青少年義勇隊〟と名乗っていた。

一九三八年から一九四五年の敗戦まで、八ヶ年の間に八六、〇〇〇人の青少年が送り出され、これは満州開拓民送出事業総体の人員の三割を占めた。そして、ソ連軍侵攻時には根こそぎ動員で兵士になったものは、外務省調査によれば二二、八二八人となっている。義勇隊のうち死亡者は三、〇七七人となっている。武装移民として、満州に渡ってから後は関東軍の指揮下にあって、国境の辺地にベルト上に配置された自給自足の防衛隊であった。黒竜江の国境から二〇キロのところにある村の義勇隊は、ソ連の参戦なんか一度も話に出たことがなかったと言う。

義勇隊の隊長の証言である。

「八月九日、五〜六キロ国境寄りの関東軍国境警備隊から『本日、日ソ間は戦闘状態に入った。ソ連軍は国境を越えて侵攻中である。義勇隊は万全の準備をして命令を待て』と連絡があり、隊員達は悲壮な覚悟で次の命令を待った。ところが、砲声はすれどもその後なんの連絡もないので、連絡員を出し、指示を受けたところ、『軍は命令により転進する。義勇隊は自由行動をとれ』という指示、これは転進でなく後退、早く言えば逃げ出したんですがね。信頼しきっていた軍に見捨てられたと思って非常にショックを受けました。隊員達は怒りだすやら捨てばちになるやら。それから南下です。その道はまるで死の行進でした。（中略）私達は五〜六回匪賊の襲撃を受け、食糧は奪われる、何人か殺されもしました。初めはどんどん応戦しましたが、多勢に無勢、どうしようもありません。何もなけりゃ命まで取られんことが分かってきて、とうとう鉄砲も捨ててしまいました。退却した関東軍が、ソ連の追撃を恐れて、どの川の橋も破壊していまして、これには全く困り果てました。ほんとに腹が立って腹が立って、まったくメチャクチャですよ。日本人を保護しなけりゃならん軍がですよ、真っ先に撤退してですよ、あとから逃げてくる女・子どもばかりの日本人が逃げるのを妨害するとは、まったくあきれ果てました」

（後藤蔵人「満州　―　修羅の群れ　満蒙開拓団難民の記録」）

国境線に近く居住した居留民や開拓団・青少年義勇隊にとっては、軍や官公署の指示のないままに、生死の関頭に立って、自分達で今後の行動を決めなければならなかった。南下して朝鮮北部に逃れるのが理想的であったが、すでにソ連軍の攻撃で寸断されてしまったので、西へ西へと満州東部の荒野をあてどなく歩いていくしかなかった。

しかし、いち早く後退作戦をとった関東軍は、ソ連軍の急追撃をおそれ、計画通り各所の橋を破壊した。結果的には、あとから逃げてくる老人や婦女子、子供の進路と速度を妨害し、いっそうの悲劇をよんだのである。

第8章　戦没の地への慰霊の旅

1　戦死公報の受け入れと間組

ソ連国境での守備隊の絶望的な状況を耳にしたり、満蒙開拓団の哀れな姿を安東で目にしても、母は「死んだ証拠がない」と頑《かたく》なに父の〝戦死〟を受け入れなかった。終戦後十七年経過後も〝未帰還の留守家族〟扱いだったが、政府の再三の督促に母親は「国に余り迷惑をかけても悪い」と、私が大学に入ったことが一区切りと考えたようで、戦後十七年の昭和三十七年（一九六二年）八月、父親の戦死を受け入れた。桐箱に入った白い紙切れが遺骨替わりで、形ばかりの葬儀を済ませた。『死亡告知書』（前出・写真26）をよく見ると、三年前に遡って昭和三十四年九月十五日付の戦死公報だった。それから五〇年、母親は平成二十三年（二〇一一年）十月十五日九十六歳で天寿を全うする間際まで「あなた達のお父さんが死んだ証拠は何もない」と、無念さを何度も口にしていた。

しかし間組は社員を家族のように扱ってくれた。『間組百年史』に「職員は皆此の間組を『我が家』と心得、之を愛し己を捧げるのが間組精神であります」とある。満州間組の社員で昭和二十二年六月現在の職員録で〝未帰還〟の社員は父を含め四名いた。家族が戦死と認めないので、間組は父を未帰還者として扱い、休職扱いで給料を届けてくれた。戦後の混乱期、行方不明で未帰還の父の給料が、私達家族の生活を支えた。その給料送付は十七年間に及んだ。母は間組への感謝の気持ちを終生忘れることはなかった。私の知る限り、このような会社はない。

２　六十五年後の戦没の地・穆稜での供養

戦没者慰霊団に参加していた私は、二〇一〇年（平成二十二年）八月六日午後八時半頃、穆稜《ムーリン》の戦没地付近と思われる地で、バスから降り、持参した線香・ローソク（中国側に配慮して火を点けず）を真暗闇の中で路上に供えた（写真32）。

次第に目が慣れてきたので、守備陣地があったと思われる方向に目をやると、ソ連との国境方向の丘陵地は思った以上に低く、稜線は暗闇でも確認することが出来た。軍が陣地を築いたと言っても、ソ連軍がいとも簡単に突破したことは明らかだ。父は圧倒的戦力を誇るソ連軍の進撃で生きる望みを絶たれ、家族のことを思いながら殺されたのだ。この地で残酷で無駄死に等しい戦死を遂げた父とその戦友の霊に慰めの気持ちを込めて私は頭を垂れた。

翌日牡丹江のホテルの一室で慰霊団全員が参列して追悼式を行なった。追悼式では父の写った唯一の家族写真を前に、慰霊の旅で前日、真っ暗闇の穆棱の路上で供養をした時の気持ちをも加えて、私は父へ想いとして次の追悼文を読み上げた。

「追悼文　六十五年経って初めて牡丹江を訪問できたことを関係者の皆様に感謝し、無念の死を遂げたあなたへの想いを述べたいと思います。

母は今年九十四歳になりますが、元気に過ごしています。あなたは昭和十五年母と結婚して以来、中国大陸の東北部中心にダム建設などの仕事をし、終戦の三ヶ月前戦場に赴いたと母から聞かされていました。母は五歳の兄と三歳の私そして一歳の妹の三人を無事日本に連れて帰り、六五年経った今、四人とも元気に暮し、孫は四人、曾孫は八人と皆明るい家庭で健やかに育っていることを先ず報告致します。母はここ牡丹江東側の穆棱陣地は全滅したとの情報に接したものの、遺骨や遺品が何一つないことから戦死とは認めず、いつかは必ず帰ってくると信じていました。そして、『お父さんが戦争で死んだ証拠は何もないのよ』と母はいつも私達に話していました。

私が小学生の頃、東南アジアの戦犯収容所からのラジオ放送を、母と一緒に『もしかしたら父の声が聞けるかも知れない』との思いで聴いていたことを今でも鮮明に覚えています。それでも私が大学に入学した昭和三十七年に、母は一区切りつけようと、戦死公報を受け入れました。しかし、物心ついてからこれまで、あなたは私の心の中で生き続けています。

高校生の頃、祖父の葬儀で叔父から『君は父親に似ているね』と言われた時は、心から嬉しく誇らしく思いました。それまでは自分の父親のイメージさえ抱くことが出来ませんでしたが、その時以来いつもあなたに守られたかのように幸せな人生を歩んでいます。私の人生の大きな分岐点では『自分には父親がついている』と思うと、大きな試練も乗り越えることが出来ました。周囲の人々の温かい思いやりと支援もありましたが、今でも不思議な気がいたします。

余生短い母をはじめ兄妹とその家族みんなが元気に過ごせるよう、今までと同様これからも温かく見守って下さい。

平成二十二年八月五日　牡丹江にて

諸住昌弘」

私は六十五年の歳月が過ぎた同じ八月に懸案の父の戦没の地を訪れ、霊を慰めることが出来たことは、何か一区切りがついたような心の安らぎを得たことも確かだった（写真33・34）。

写真 32　穆稜路上での供養 ＝ 2010 年 8 月 6 日

写真 33　牡丹江ホテル追悼式・追悼文を読む

写真 34　牡丹江ホテルで追悼式

第９章　ソ連軍進駐と国共内戦勃発の影響

1　終戦後から暗黒の日々の安東

日本人避難民でごった返す安東は八月十五日を境に一変した。省公署、市公署（市役所）に国民政府の国旗である青天白日旗が揚がり、満鉄など市内の主な建物にも同様の日章旗に代わって青天白日旗がはためいた。支配者と被支配者が入れ替わり、日本と中国の立場は逆転した。

満州国解体式のあった八月十八日には、かつて戦意高揚のため様々な国家行事が行なわれた安東神社が何者かに爆破された。

しかし幸いにも安東市街地では大きな騒ぎには至らなかった。「市街地から鴨緑江下流八キロ離れた工業地帯には、安東軽金属だけでも一万人近い中国人労働者が就労していた。関係企業の終戦措置は素早く、かつ的確で、『軍、官によって強制労働を強いられた中国人労働者に可能な限りの処遇をして帰郷させる』とし、即座に退職金名目の三ヶ月分の賃金と若干の現物支給をした。時宜を得た判断であった。もし彼等が暴走して日本人街になだれ込んでいたら収拾のつかない混乱に陥っていた。同じ頃、ソ連兵による工場の諸施設を本国へ持ち去る略奪が行なわれたため、安東市中の被害が少なかった」(「ありなれ」50号　岡田和裕）との記録がある。

そして安東の在留日本人は、終戦と同時に社宅や町内会を中心に自治組織を編成し、官民一体の治安維持会と日本人居留民会を組織するなど、日本人の生命保護と迫害に対する防禦《ぼうぎょ》、安東に到着する避難民の救済にあたるなど苦難に立ち向かった。この両組織の緊密な連携により終戦直後の安東は新京、奉天の地区に比べて治安は極めてよかった。間組の社宅でも自治組織が機能し、私の家族も社宅にいる限り身の安全と最低限の生活は守られた。しかしながら長続きはしなかった。

2　戦勝大国間の取り引き下でのソ連軍進駐

スターリンは対日参戦に際して獲得すべき利権について、一九四四年一月の段階で、部下に検討させ始めた。鉄道に関しては、一九三五年に満州国に売却したハルピンから満州里への路線及び東方のウラジオストックへ至る路線（中東鉄道）と日露戦争後日本に割譲した大連からハルピンに至る路線の奪還であった。即ち、ソ連側は、日露戦争前にロシアが保持していた中国東北の利権の回復が重要であった。

一九四五年二月のヤルタ会談では、スターリンは、「私は日本がロシアから奪い取ったものを返してもらうことだけを願っているのです」と言い、これに対し、ルーズベルトは、「取られたものをとり返したいというのは、きわめて無理のない要求でしょうね」と相槌を打った。二月十二日に発表された公表文にもソ連の対日参戦については、かすかな気配すら表わさず、駐ソ大使佐藤尚武がモロトフ外相と会見しても、「ヤルタ会談においては、日本問題についてはなんら議せられなかった。ソ連の日本に対する方針は、なんら変更はない」と日本の疑問に対する全否定を明言し、日本はヤルタの密約についてまったく知るところがなかった。中国側も議論には加えてもらえず、ソ連の対日参戦を望むアメリカの圧力もあって、中国側はソ連への譲歩を余儀なくされた。

中東鉄道と満鉄の管理は、ソ連の優先的利益が擁護されることが米英ソ三国首脳によって了解され、中ソ共同経営の名の下にソ連側が支配することになる。そして、ソ連は一九四五年五月八日のドイツ降伏を待たずに、軍需物資を極東に輸送し始めていた。開戦準備は八月初頭に整っていたのである。八月九日に始まったソ連軍の攻撃は、三方面から陸海空合わせて一七五万兵員と戦備を整えた用意周到な作戦を展開し、八月十九日には関東軍と停戦協定を結んだ。

日本政府代表団がミズーリー号で降伏文書した九月二日、スターリンは新聞を通じて、「この戦争によってソ連国民は日露戦争の雪辱を果たし、太平洋とソ連は直接結びつくようになった」と述べた。鉄道を支配下に置いたソ連は満州国のあらゆる鉱工業の資産、在満日本人の財産のみならず、ソ連軍の捕虜となった五九四、〇〇〇人のうち五〇万人をソ連に移送し、労役を科した。そして抑留者の最後の帰還は、スターリンが一九五三年に死去し、日ソ国交回復したあとの一九五六年で、死亡総数は「飢え、寒さ、重労働」のいわゆる「シベリア三重苦」に加え、作業ノルマ未達成による厳罰での犠牲者は約六万人と推定されている。

3 ソ連軍と八路軍の安東進駐と国共内戦

九月五日ソ連軍が安東に進駐し、新聞は廃刊、ラジオは強制供出を命ぜられ、自転車、ミシン、写真機に至るまで悉《ことごと》く取り上げられ、日本人は情報がまったく遮断された暗黒の日々を送ることになる。ソ連軍による武装解除の日本兵はシベリア方面への列車輸送で行方不明となったほか、工場の施設や鉄道の撤去の労働使役にも駆りだされた。十一月末になると八路軍《はちろぐん》が進駐し、安東の全機関を接収し、市政府の日僑管理課が設置され、日本人管理員が配置された。「日本人引揚げまでの生命財産は政府の責任において保障するにつき、安心して政府に協力されんことを望む」との声明が発せられたが、現実は、兵器物資の供給、寄附金の拠金、労工看護婦の供出、家屋の立退きなど、その要求は過酷であった。労工看護婦の供出は、国共戦闘地区における弾薬運び、築壕をはじめとし担架隊と称して最前戦に出て傷病兵を運ぶ者、或いは野戦病院に看護婦として送られるなど、有無をいわさず供出させられた。また、人民裁判が廃業となった大病院の広場や国民学校の校庭で開かれ、多くの日本人や親日満人が鴨緑江河岸や山の中で銃殺された。安東にとってソ連軍時代も八路軍時代も弾圧、搾取に明け暮れた時代であった。

終戦以降在満邦人最大の願望は、日本への引揚げ帰国ということであった。安東はソ連進駐と国共内戦による混乱で支配層が猫の目のように変わる。そのたび使用貨幣が日銀券、朝銀券、満銀券のほか、ソ連軍票、八路軍票、国民軍票となる等、安東邦人七万人は家財道具や衣類などを売り払い、日雇いの仕事で生活の糧を得るなどして生きるのが精一杯で、年内帰国の念願はかなわなかった。間組の社宅には満州各地から社員家族が避難してきたため飽和状態になった。しかし、窮屈な生活でもみんなで知恵を出し合った。ある者は風呂屋を開業し、ある者は家財道具を売って食糧確保し、婦女子に危害が加わらないよう治安対策も独自に行なうなど、助け合いながらひたすら引揚げの日までの一年余を待つことになる。母は顔に墨を塗り男っぽい身なりをしたこともあった。

第10章　日本政府に見放された在満日本人

1　満州在留日本人の帰還に動かぬ政府

ところが日本政府は残留邦人の心情や、生きることさえ困難を極めた実情とは裏腹に、「外地居留民は出来る限り現地に定住すること」と海外に残留することを訓令した。

昭和二十年八月二十六日、今後の処置として「ソ連指令により各々各自技能に応ずる定職に就かしむ。現地に土着する者は日本国籍を離るるも支障なきものとす」と、満州邦人に対し現地土着・国籍離脱の方針を打ち出した。現実に目を向けようとせず、あえて無視して惨状には目を閉じ、知らぬふりをしたのである。

八月三十一日の終戦処理会議において「過去統治の成果を顧み、将来に備え外地居留民は出来る限り現地に於いて共存親和の実を挙げるべく、忍従努力することをもって、第一義たらしめる」（外務省：戦争の終結にともなう在外邦人に関する前後措置要領）と満州在留邦人は現地に定住せよと「棄民」を正式命令している。

九月二十四日付次官会議では「海外部隊並びに海外方邦人に関しては、極力之を海外に残留せしむる」と決定した。

これら国の命令や方針を後で知ることになった多くの引揚者は、「絶望の淵にありながら望郷の念が募るばかりの日本人の心情をまったく無視するものであり、敗戦後においてもなお、さまざまな権益を少しでも確保しようと、国策として送り込んだ満州開拓民などを現地に残した」と怒りを抑えることが出来なかった。

満州在留日本人の引揚げについて、満州の主要都市を占領したソ連軍は何ら関心を示さなかった。ソ連軍は終戦直後から、管轄下の満州在留日本人に祖国日本との通信、連絡を禁じ、引揚げることも許可しなかった。それは終戦翌二十一年の五月まで続く。ソ連軍の支援で侵入した中共軍も日本人の引揚げに熱意を示さず、むしろ、日本人の技術、労働力の利用を考え、多くの技術者を流用しその定着化を計画した。このため、日本人には満州から帰国する以外に生きる途がないことが、時が経るに従って明らかになってきていた。

〝国家〟という権力の背景も生活の基盤も一挙に失い、社会的無秩序の中に投げ出されながら何らの保証もなく、恣《ほしいまま》の暴行と再三にわたる掠奪を受けた日本人の大部分は、急速に難民化しつつあった。軍隊にも逃げられ、国家にも棄民された満州の日本人は、ただただ故郷日本へ帰国を願っていたのである。たとえそれが予想だにしない苦難の行路であったとしても。

2　軍司令部の首都（新京）撤退と日本人会の発足

八月九日、国境を越えてソ連軍が侵攻してくると、軍の観測では、十五日頃にはソ連兵が新京に侵入する。その時に大市街戦が起こると予想されたが、満州重工業開発総裁で日本人会会長の高碕達之助氏が関東軍に聞くと、「軍司令部は十一日には全部通化に移転するから、お前達も来い。家族達には臨時列車を出すから北鮮方面に向けて避難せよ」と言う。一方では新京の日本人も厖大な数にのぼる。出ていく者と逃げてくる者とで、新京の駅はまるで戦場のような混乱であった。

新京の民間有力者は、直ちに治安維持会を組織して、

①　新京を非武装地帯として、戦場としないこと。

②　新京在住の日本人は疎開しないこと。

という決議を行ない、新京防衛司令官に申し入れたが、この決議は採用されず、家族の疎開は十五日の終戦玉音放送後続けられた。しかし、十六日になって関東軍の停戦決定とともに、新京の市街戦

の惨禍も幸いことなきを得たのであった。

満州の各地でこの時期、在留日本人は毎日のように略奪や暴行、殺人の被害に遭い、コレラ、発疹チフスなどの伝染病に罹患し、最低限の食料確保さえ困難であった。満州国の首都・新京（長春）でも、その例外ではなかった。

「私も数回にわたって家宅捜索を受けた。土足のソ連兵が満州人の巡査をともなっていた。巡査はこれまで満州国に忠誠を誓っていた満州人の巡査であるが、今や完全に豹変して、彼等の目にそれがはっきり現われていた。言葉は通じないが、この時の彼等の態度はソ連兵の方が遠慮がちで、むしろ満州人の方が、がさつであった。（中略）一方、多数の避難民は奥地から陸続としてやって来る。子ども達は栄養不良のため、目ばかりギョロギョロさせ、食物を求め、親を呼び、泣き叫ぶ、やっと長春に辿りついた人々も、栄養失調で倒れる。死んだ人々の死体は焼く余裕がないので、公園や学校の広場にそのまま埋められ、広場には一日に何十何百の墓標が立てられていく。それは生き地獄とも言うべき悲惨極まりないものであった」（高碕達之助『満州の終焉　ソ連占領下の八ヶ月』）

新京進駐のソ連軍は、正規兵中心であったことから、生命だけはどうにか保護されたが、財産に関しては全く保障の限りではなかった。道を歩く人は、やみくもに現われるソ連兵によって、ホールドアップされ金をとられるばかりか、服や外套《がいとう》をぬがされ強奪された。

「あらゆる混乱にも拘らず、少なくとも長春においては、彼等の手で日本人が殺害された事件は、起こらなかったことは、記しておいてよいだろう」とも高碕氏は付け加えている。

新京では、ソ連軍の入京を前にして、終戦直前に組織した治安維持会を基にして、八月十九日新京日本人会が結成された。難民救済の資金確保を目的とし、比較的に裕福なものから、会長名義で借り入れ、これで支弁することにし、借入金は他日、日本に還送された時、日本政府に折衝し、貸主に返還して貰うよう努力することとした。

奥地からの避難民は増えてゆく。それらの人々には食糧はない。金はない。冬に備える準備もしなければならない。このためには何といっても、内地の日本政府との連絡が先決であった。高碕達之助氏ら新京（現・長春）日本人会は、「北満各地より集まってくる難民はハルピン七万人、新京六万人にもなり、在満居留民の現地定着は不可能、死者は続出し、地獄のような状況である」と満州の戦後事情を日本政府に知らせるため、密使を出すことに決めた。途中で没収されぬよう、米粒半分くらいの細字で半紙半分程に書いて、服に縫いつけて密書を携行したのであった。

手紙を隠し持った隊員は、朝鮮経由と大連経由の二隊で、九月二十二日出発させ、両隊は十月十日には無事内地に到着することができ、当時の吉田外務大臣と鮎川満業相談役に届けた。しかし、日本政府の反応はなかった。

3　現実無視の根拠のない定住化計画

終戦直後の八月十九日、大本営参謀五課（ソ連担当）の作戦班長だった朝枝繁春《あさえだしげはる》大佐は、大本営軍使として関東軍司令部を訪れ、「軍や在留邦人の復員・引揚げなどについて現地で善処するよう」という最高戦争指導会議の訓令を伝えた。その一週間後の八月二十六日に「在留邦人は日ソ開戦と同時に無準備で移動したため、携帯食糧も欠乏しているのに加え、留守家屋は満人の盗難に遭い財産をなくし、明日からの生活に窮乏している」と窮状を察知しながら、「但し、これも治安回復、経済の安定などにより、次第に良好な状態に戻ると考える」と楽観的な見通しを政府に伝えている。事実は、難民の状態は寒さに向かう中でますます悪化し、高碕報告にあるように、各地の収容所は死体収容所になっていった。

朝枝参謀の報告は更に、「内地の食糧事情や経済事情を考えると既定方針通り、大陸方面においては在留邦人および武装解除後の軍人はソ連の庇護のもとに満州・朝鮮に土着させて生活できるようソ連側に依頼すべきである。土着する者は日本国籍を離れても支障はないものとする」とした報告書を出している。その内容は終戦直前の日本政府の方針そのままである。

日ソ開戦時、軍人を除いて約一五五万人の日本人満州居住者がいると推定されていたのに、「朝枝報告」は根拠もなく「軍人、官吏ノ家族ノ如キ満州ニ生業ヲ有セザルモノ並ビニ直接戦場地域前ニ疎開シアルモノ中、内地環送希望ノ合計概数ヲ約三十万ト推定」し、何の根拠もなく引揚げ希望者数を三〇万人としているほか、ソ連国境周辺部から安全地域へ移動した疎開者達を四〇六、〇〇〇人と推定している。疎開者達とは開拓民など一般邦人であり、安全地帯とはハルピンや新京等大都市部のことで、そこは栄養失調やコレラ、チフスなどの伝染病が蔓延し、やがては極寒に襲われ、死と向き合う日々を生きなければならなかった。そして極めつけは、「ソ連側の命令のもと、活動を再開できるよう在留邦人はソ連側と交渉中である」と裏づけもない大甘《おおあま》な観測を述べて、現実を全然みていないことを示している。敗戦は敗戦として、かつての植民地支配者だった関東軍や日本政府指導者が、「もはや満州で生活していけない、生業もない」現実を確かめることをしなかった。責任ある公式書類の「朝枝報告」であったため、旧満州の在留邦人一五五、〇〇〇人の引揚げは、中国本土の日本軍人よりはるかに遅れざるを得なくなったのである。

4　終戦後一年の閉ざされた安東市民の生活

八月九日満州国境を越えたソ連軍は、九月六日には安東に進駐してくると、直ちに主要公共施設やホテルなどを接収するのみならず、日本企業の資産を根こそぎ接収作業にとりかかり、市街地では犯罪歴のあるソ連兵が一般民家に押し入り、銃で脅して貴金属のみならず腕時計、万年筆まで略奪するなど、安東在住の日本人は満州の他の都市同様の被害を受けた。ソ連軍は中華民国政府と約束した撤退期限の一九四六年二月を越えて五月まで満州を支配し、その間日本企業の資産をソ連本国へ持ちだし続けた。そして、ソ連のスターリンは蒋介石率いる中華民国政府と対立していた東北民主軍および解放軍と手を結び、満州の実質的施政権を譲渡することにしたことから、国共内戦のとばっちりが安東在住日本人にも降りかかってきたのである。

写真35　安東会会報誌「ありなれ」表紙

安東にゆかりのある人達で構成されている「安東会」の会報誌『ありなれ』に、閉ざされた一年の実態が記されている（写真35）。満州の地方都市の個人色の濃いローカル史ではあるが、日本国に見捨てられ、敗戦の日を境に、警察も軍の治安組織を失った一般市民が、常に〝死〟と直面した日々や、恐怖に慄《おのの》きながらも知恵を絞り、生き残るためにどのように暮らしてきたかを知る得難い手引書でもある。

①「ソ連軍は昭和二十年（一九四五年）八月九日、ソ満国境を越えて満州各地に侵入してきたが、早くも八月十九日にはソ連軍政治部将校を長とする先遣隊が瀋陽を経由して安東に入った。市内の状況が平穏であることを確認の上で、翌々日の二十一日にはパルスコフ中将が正式に入城した。その際、中国人、朝鮮人のほか、日本人男子も安東駅前に整列して出迎えた。安東市駐屯司令官カリニューヒン少佐の下、将校七十名、兵役百三十名で、司令部を駅前『安東ホテル』に設置し、安東高等女学校を将校宿舎、安東中学校を兵宿舎として接収した。九月中旬に至り、工場施設等撤去部隊約一千名が到着。安東市近辺の各種工場を調査する一方、日本人を使役して施設をことごとく撤去した上、鉄道貨車に積み込みソ連領へ搬出した。この時期、相前後して中共軍の進駐もあったが、全く無視して搬出作業を終え、十二月中に部隊は鴨緑江鉄橋を渡り北朝鮮へ撤収した」（大和田義明「ありなれ」第47号　安東の戦後事情）

②「八月三十日朝あたりから、少し様子がおかしくなってきた。午後四時三十分頃、パーンという一発の銃声によって暴動の火ぶたが切って落とされた。それからせきを切ったように暴民達が群れをなし、住宅街の日本人の家屋をいっせいに襲い始めたのであった。『ワアー、ワアー』というかん声とともに、威嚇の銃声も聞こえる。満鉄の住宅街から、日本人の家財道具がどんどんどこへなくとも運ばれていく。（中略）息づまる緊張の中で、彼らがやってきた。自動小銃を持った赤ら顔のソ連兵を先頭に、七～八名の中国人が目を血走らせている。中国人は、てんで

に紅槍や抜き身の日本刀を持ち、酒気を帯びて『時表、時表、時表没有（時計はあるか）』と叫んでいる。私達は一斉に、降参のしるしに両手をあげていた」（大形とき子「ありなれ」第41号北斗七星《引揚の記録》）

③「一九四五年九月中旬頃には、ソ連軍接待所は活動していたと思う。これは当時組織されていた日本人会首脳の方々が、新京・瀋陽でのソ連軍の婦女子への暴行、略奪行為の情報をつかみ、その被害を最小限にとどめるための苦肉の策として設けたものだと思う。（中略）接待所の名称は『安寧飯店』と決まり、費用は全部日本人会持ちで、ソ連将兵は飲み食いすべて無料だった。安東政権は元安東省長が主体となって治安維持委員会をつくり、中国代表政権に政権を渡すまでの間の暫定政府のような役割をはたしていた。勿論、国民党系であった。そこへ国民党工作隊が入り、更に共産党工作隊がいりこみ、九月にはソ連が進駐してきた。日本人会の幹部の方々は、どの勢力に陳情接待し折衝してよいか判断に苦しみ大変だった」（朝倉喜祐「ありなれ」第47号　安東慕情）

④「たしか十二月十三日と記憶している。その日は雪が積もってた店の前を掃いていると、駅の方向から異様な一群が行進してくるではないか、銃剣が雪に反射し中共軍保安隊兵士の行軍が目に映る。やがて保安隊員に囲まれて、頭上に三角帽子、胸に満州国の大勲章、荒縄で後ろ十字に縛られた安東省長や省次長が目に映る。（中略）私の目の前を通り過ぎた一群は、日本人街か

ら城内方面と市中引き廻しの上、夕刻沙河鎮河原で処刑（銃殺）されたと云う」（宮下明治「ありなれ」第42号　国境の町）

⑤「一九四五年八月十日、ソ連戦車軍団が中ソ国境を越えて進撃してきた時、私たち一家はウランホトを脱出し丹東（＝安東）に到着、約一年三ケ月同地で難民生活を送ったのち、翌一九四六年秋、日本に引き揚げてきた。私自身は無事に帰国したが、小学校のクラスメートの大半はソ連戦車軍団の攻撃を受け、内モンゴル草原で幼い命を落とした。残留孤児になった友人もいる。（中略）難民生活時代、わが家は鴨緑江の河口に近い海岸通りのアパートの二階に住んでいた。私は毎朝、父と連れ立って父が勤めていた古書店『鴨江書店』に〝出勤〟し、そこを拠点として闇市に煙草売りに出かけ、夕方、また父とともに帰宅するという生活を送っていた。（中略）安東の闇市場は、一町四方の内側に沿って屋台が並び、魚肉、野菜、穀物などの生鮮食品、ギョーザ、シェーピン（お好み焼き）、パオズ（饅頭）などの加工食品から、家具、台所用具、マージャン台、スケート、美術品まで、ありとあらゆる生活用品が販売されていた。私はと言えば、民家の仮設タバコ製造工場から『紅蘭』『鎮江山』などのタバコを仕入れてきて、胸から吊り下げた長方形の角盆にならべて売り歩く、母はもっぱら市場の囲いの内部に限られていたが、私はショートル（小偸児）と呼ばれる不良仲間と、キャバレー、料理店、酒場やいかがわしい場所まで販路を広げたものである」（藤原作弥「ありなれ」第46号　満州暮色）

⑥「敗戦時に満九歳の少年だった私も、ソ連人の日本婦女子暴行を目撃したし、鴨緑江の河原に浮ぶ死体を眺めた。しかし、生活は悲惨だったが、一方で祖国へ帰還を夢見て、敗戦国民同志で助け合い励まし合う愛と連帯の街でもあった」（藤原作弥「ありなれ」第45号）

⑦「運命の二十年（一九四五年）八月十五日、敗戦と共に五族協和、王道楽土と謳われた満州国も砂上の楼閣に終り、様相は一変、安東駅には奥地からの避難民や除隊兵が相ついで流入、混乱はその極に達した。世情も次第に不安を増し、ついには八月十七日夜の安東神社の焼き討ちとなった。連夜のように銃声が響き、暴徒来襲のデマも飛び交い、緊急時には直ぐに対応できるよう着衣のまま就寝するような全く戦々恐々の日夜であった。国の庇護を失い異国に取り残された我々は初めて味わった敗戦国民としての悲哀、屈辱を痛感した。昭和二十一年（一九四六年）一月十七日夜突如五番通りの居住者全員に即時退去が命じられた、いわゆる安東五番通り事件が発生、武装した中共軍兵士から十五分以内に必要所持品と共に退去を命じられ、何のためか解らぬままに路上に整列させられた。そのうち五番通り八丁目付近で中共軍幹部が暗殺され、その犯人逮捕のため、かねての通達通り居住者全員の連帯責任による制裁と判明した。しかも我々の行先が郊外の競馬場と聞かされ一同唖然とした」（木谷秋晴「ありなれ」第43号　国境の街安東、そして安東駅）

⑧「とても考えられないような『敗戦』でした。戦時中の統制経済は終り、戦後は自由経済、通貨

は日本・満州・朝鮮の貨幣でしたが、ソ連軍や八路軍・国府軍など、軍隊が入ってくる度に国旗を手作りして掲げる一方、通貨は変ります。どこの農家では何々の紙幣を受け取ってくれるから、早く買い物をした方が良い、という具合です。通用しなくなった紙幣ほど惨めなものはありません。通貨は国家あってのものです。（中略）日常生活では、物々交換も多かったのです。官吏は失業し、仕事を見つけるとか商売を始めるとか、または売り食いで、子供も働いていました。（中略）ソ連軍の駐留時には婦人は髪を短く切り、兵隊が道で空砲を撃ったり家々を回って来るという時には、女の子も自宅の天井裏に隠れたりしました」（東山セツ子「ありなれ」第49号　思い出の山、思い出の川―兜山・鴨緑江）

⑨「昭和二十一年（一九四六年）四月頃より、中共当局に依る徴用が開始された。当初の計画では安東市内居住の難民中より、二万人を徴用し、農耕隊として寛甸、寛仁、鳳城等に移動させる計画であったが、実際には五千人を徴用しただけであった。二十一年六月～七月頃担架隊として六百～八百人を徴用、二ヵ月交代で三回交代した。徴用は農耕、陣地構築、鉄道作業、看護婦、担架隊要員など様々であったが陣地構築、鉄道作業に就労した邦人の大部分は、後再び安東に戻った。看護婦、担架隊員として駆り出された者の内相当多数の者は中共軍と共に各地を移動し、その移動範囲は北満の果てより南は海南島にまで達している」（大和田義明「ありなれ」第47号　安東の戦後事情）

5　満州占領のソ連軍、邦人の帰国許さず

在満日本人有志がその実情を日本政府に訴えるべく決死の決意で満州を脱出し、日本政府と連合軍総司令部に直訴したことによって、満州の実態が明らかになり、昭和二十一年六月末、連合軍総司令部の対日理事会において、アメリカのアチソン代表は、米、英、中国の三国の支配地域からの引揚げがほゞ完了しているのに、ソ連地区域からの引揚げがまだ全然行なわれていないと指摘した。

即ち昭和二十年十月から昭和二十一年六月までの日本人引揚げ完了状況は、①米管理地区九三％、②英管理地区六八％、③満州を除く中国管理地区九四％、④ソ連管理地区０％と具体的数字を挙げ、ソ連代表に降伏条件を一方的に廃棄または無視することは望ましくないと迫ったのである。

ポツダム宣言第八項に、「カイロ宣言の條項は履行せらるべく、日本の主権は本州、北海道、九州及び四国ならびに吾らの決定する諸小島に局限せらるべし」とある。在外邦人がそのまま外地に定着することを、占領軍が認めるはずがない。人道問題としても満州の在留日本人問題は、ソ連も無視できなくなった。カイロ宣言（昭和十八年十一月二十七日）は、「一九〇四年の日本国の背信的攻撃により侵害せられたるロシア国の旧権利は左のごとく回復せらるべし」とし、「東清鉄道及び大連に出口を供与する南満州鉄道は、中・ソ合弁会社の設立により共同に運営せらるべし。但しソヴィエト連邦の

優先的利益は保障せられ、また中華民国は満州における完全な主権を保有するものとする」と、米英中の三国の首班は、日本が敗戦した後、この内容を確実に実行することを協定した。即ち、日露戦争後、日本が獲得した満州での権益をそっくりソ連に返還することを、ポツダム宣言で明確にしていた。

これを根拠に、ソ連軍は満州に侵攻した後、日露戦争で失った満州での権益を取り戻すべく、満鉄の複線の下り線路のレールの剝ぎ取りを始め、重化学工場の施設や当時の世界最大級の発電規模を誇る鴨緑江水豊発電所設備（約十万キロワットの発電能力を持つ発電機七基のうち五基）を解体するなど、満州国の産業施設四割を戦利品として略奪し、四割を破壊した。

戦争が終結し戦後処理として、七〇〇〇万人の海外在留邦人の日本帰還が最大の課題であったが、満州を支配下に置いていたソ連だけが、連合国の対日理事会で一般邦人の日本帰還問題に頰被りしたのは、満州における経済的利益を独り占めしようとしたからであった。

中国は戦勝国として経済的利権について、「賠償について他国より大きな分け前と先取権を受けるべきである」と考えていた。ところが接収予定していた日本の工場施設を、根こそぎ運び去るソ連軍のやり方や満州撤退が当初予定していた昭和二十一年二月を五月まで一方的に延期したことに対し、中国民衆の不満は日と共に増大した。重慶、上海、成都等主要都市で反ソデモが起き、このころから中国とソ連の関係に亀裂が生じ始める。

第11章　在満日本人引揚げ実現の秘話

国内に目をやると、釜山〜下関、釜山〜博多間の連絡船は連合軍による朝鮮海峡機雷封鎖のため、終戦直前に殆んど途絶えていたが、終戦直後から朝鮮から雪崩をうって山陰、北九州へ避難疎開するものがあった。

これはやがて占領軍の日本進駐とともに、正式引揚げに切替えられた。満州から早期避難疎開して安東経由北朝鮮の新義州に入った軍人、軍属、行政機関の家族も、在朝鮮の日本人と一緒に連絡船等で博多、下関に上陸した。九月に入ると毎日四千人のペースで引揚げが行なわれ、南朝鮮に関する限り、昭和二十年の年末までに大部分の引揚げを終了した。

一方、国民党政府支配下の中国本土では、日本人の復員・引揚げは順調に進んでいて、終戦翌年の七月には、一般邦人、軍人ともに中国本土からの引揚げは殆んど終った。

1 満州引揚げ実現の陰の功労者

一方、満州は終戦後ソ連軍の占領下に置かれ、本国との連絡手段もなく、身動きが取れなかった満州在留日本人は一七〇万もいた。

ソ連軍と中共軍は、満州から人の出入りを固く禁じ、満州の周囲に鉄のカーテンを引いていた。帰還の途が完全に断《た》たれた日本人の実情を、日本政府および連合国指令部に伝えようと命をかけて働いた日本人がいた。武蔵正道（当時二十二歳、建設会社「新甫組」社員）、丸山邦雄（当時三十七歳、満州製鉄所社員）、新甫八朗（当時三十一歳、建設会社「新甫組」社長）の三名である。

武蔵氏は『アジアの曙　死線を越えて』の中で、「丸山さんが満州脱出計画を持ち込んできた。丸山さんが『満州を脱出して日本に帰り、マッカーサー元帥や日本の当局者に、満州の惨状を伝え、同胞たちの救済を陳情したいのです』と満州製鉄所の岸本綾夫理事長の話したところ、新甫八朗と武蔵正道を紹介された」と語っている。

岸本理事長はそれから間もなく、元陸軍大将だったという理由で鞍山郊外で銃殺処刑された。戦後の満州は短い一年の間に、八路軍時代、国府軍時代とめまぐるしく支配者が入れ替わり、そのたびに各地の日本人会は、軍資金の献金や物資や労力の提供を要求され、様々な犠牲を払わなければならなかった。岸本理事長の死は、そんな混乱時代におきた悲劇の象徴でもあったと武蔵氏は述懐している。

2　重大使命を帯びた三名の満州脱出と日本上陸

三人は満州脱出のため、鞍山市内で情報収集に努め、国府軍が支配する中国経由のルートを選んだ。一九四六年二月二十三日、満鉄社員になりすまし、何も知らないソ連軍将校と同じ客車で鞍山から大連に移動、そこから首都・新京に行き、在満日本人会の高碕辰之助会長（元満州重工業総裁）から幣原《しではら》喜重郎首相や楢橋渡内閣書記官長、新木栄吉日銀総裁などに宛てた懇請状を預かり、それを三人の着ている満人服に縫い込んで、満州脱出を図ることになった。日本への脱出ルートは、米軍と国府軍が支配する地域を選び、奉天から山海関の国境を越え、秦皇島《しんのうとう》経由で天津へ入り、三月九日、天津の近くにある大沽《ターク》港から米軍のＬＳＴ（上陸用舟艇）で日本に向かったのである。そして三月十三日、三人は無事、山口県仙崎港に着いた。極秘のはずが埠頭には三人の素性を知る新聞記者が待ち受けていた。共同記者会見の申し入れを受けた三人は、満州の惨状を訴える願ってもない機会と大いに喜び、「現在満州には、軍人を除いた一般同胞は約一七〇万人います。その分布状態は、奉天地区に四〇万人、大連地区に三〇万人、新京地区に三二万人、ハルピン地区に十七万人、鞍山地区に三万人、安東地区に七万三千人、（中略）散在しています。各地の同胞は、満州の地から一歩も外へ出ることが出来ず、毎日はるか東の故国の空を仰ぎながら帰国を望みつつ、飢えと寒さにふるえているのが実情であります。満州は昭和二十年八月八日、北からソ連軍が侵入し、終戦後は各地に駐留しております。一方、西からは中国共産軍（八路軍）が侵入し、各地に駐留しております。公共物や重要施設はことごとく接収され、交通や通信網は麻痺し、金融機関は閉鎖され、郵便局も銀行もまったく役に立たず、かくして、満州からは終戦とともに、あらゆる文化施設は一切奪い去られたのであります。（中略）従って、一般の人々は、まず自分の所持品を売って、いわゆる竹の子生活をし、また街頭に屋台店を出したり、路傍で行商をしたりして、生計を営んでいるのであります。（中略）在満同胞の最近の痛ましい現象は、病気が非常に多くなったことであります。殊に各地で集団生活を営んでいる難民の間では、発疹チフス、呼吸器病、皮膚病、栄養失調等、およそ不潔と栄養不良による病気が多発しているのであります。（中略）この痛ましい姿は、荒れ狂う波のまにまに木の葉のごとく漂う難破船のようなものであり、それこそ一日も早く救出しなければ生命がおぼつかないのでありま す。私達は百七十万人の在満同胞の悲願を背負って、二月二十六日奉天を出発し錦県を経てコロ島を視察し、コロ島こそ引揚げ船を配置する最も適当な港であることを確認し、山海関より中国を脱出して祖国に帰ってきたのであります。（中略）なにとぞ国民の皆様方も、外地同胞の救済と引揚げ促進

郵　便　は　が　き

料金受取人払郵便

８　１　２ − ８　７　９　０

博多北局
承　認
3150

169

差出有効期間
2021年７月
31日まで

福岡市博多区千代3-2-1
麻生ハウス３Ｆ

㈱ 梓　書　院

読者カード係　行

ご愛読ありがとうございます

お客様のご意見をお聞かせ頂きたく、アンケートにご協力下さい。

ふりがな お 名 前	性　別（男・女）
ご 住 所 〒	
電　　話	
ご 職 業	（　　　歳）

梓書院の本をお買い求め頂きありがとうございます。

下の項目についてご意見をお聞かせいただきたく、
ご記入のうえご投函いただきますようお願い致します。

お求めになった本のタイトル
ご購入の動機 1書店の店頭でみて　2新聞雑誌等の広告をみて　3書評をみて 4人にすすめられて　5その他（　　　　　　） ＊お買い上げ書店名（　　　　　　）
本書についてのご感想・ご意見をお聞かせ下さい。 〈内容について〉 〈装幀について〉（カバー・表紙・タイトル・編集）
今興味があるテーマ・企画などお聞かせ下さい。
ご出版を考えられたことはございますか？ ・ある　　・ない　　・現在、考えている

ご協力ありがとうございました。

のために、それぞれのお立場から同胞愛の情熱をふるい起こされ、絶大なご協力をたまわらんことを衷心から切望して止みません」と四泊五日の船内で書き上げた〝ステートメント〟を共同記者会見で読み上げた。そして、三人は『とにかく、満州からの引揚げが一日遅れれば、それだけ犠牲者が増えるのです。どうか、この点を特に国民の皆さんに伝えていただきたい』と強調して会見を終えた。

ところが、翌々日の新聞には、どの新聞も一段記事で十行にも満たない短いものだった。

「山口発　米国船L・S・T型90号は蒙疆《もうきょう》大同地区の軍人二十六名、軍属三百十六名、同家族三百二十名、太原、天津方面の一般邦人五百三十八名を乗せ十三日大沽《たいこ》から、また同日朝鮮から一般邦人二百三十八名が朝博丸でいずれも仙崎へ」（三月十五日　朝日新聞）

といった内容で、三人は狐につままれたような思いで声も出なかった。一方、前年の十月十日、高碕達之助満鉄重工業総裁が満州の窮状を訴えた書簡を日本政府宛に届けたにも拘らず、新聞に公表されなかったが、三人の記者会見を報じていない三月十五日の朝日新聞には『高碕満業総裁の便り』との見出しで満州の現状を次のように報じている。そこにはGHQの新聞検閲が厳しい中、それをかわす新聞社側の巧みな手法が読み取れる。

「終戦と同時に日満間の通信交通機関は遮断され今日にいたるも解除されていない、満州の事情は正確に判明せず政府もまた具体的な救援方法を講じていない、吉田外相はさきに在外同胞援護連合会で北鮮地方は三月中旬頃帰還すると発表したが、その後の情勢は悲観的で満州は勿論北鮮は現在のところ引揚げの見通しもつかず、一部帰還者の断片的見聞各地の居留民団から悲痛な手紙をもった使いの情報が唯一の手がかりだが、それら切れ切れの便りに中には手持金を使い果たし飢えと寒さに混乱と失望の淵に転落している同胞の姿が窺《うかが》はれる。内地に帰ってきた鮮満の居留民団の世話人高碕満業総裁の使ひが齎《もたら》した便りを中心に満鮮の姿を覗《のぞ》いてみよう」と前置きし、「(高碕氏の便り)新京はじめ奉天ハルピンその他大都市に集中せる日本難民はその数百万、そのうち救済を要すべきもの半数、幸いに豊作のため食糧豊富なるも衣料、燃料皆無(中略)差当り各地日本人会が支払責任者となり日本人金持より一口一万円を最低として合計四千万円を借入れ一ヶ年後日本政府の補償を得た上日本にて返済することを条件としてすでに二千万円を支出致し候、(中略)次に難民の大多数は出征軍人遺家族にて女子のみに候、一般男子は内地の食糧不足の際出来るだけ現地に踏止まり炭鉱または最下層の労働者となっても生活すべき覚悟を致しおるも、これら老幼婦女子を一日も早く内地に送還し(以下略)」と記事にし三人が衣服に縫込み巧みに隠し持ってきた高碕総裁の便りの趣旨を報じている。

3　日本政府と連合軍総司令部への訴え

丸山氏ら三人が密命を帯びて、命がけで日本帰還を果たし、記者会見したにも拘らず新聞が伝えられなかったのは、ソ連を含めた連合軍総司令部が新聞の事前検閲を行なっていたからである。しかし、三人は挫折することなく、「こうなったら一刻も早く東京に行き、政府当局やマッカーサー元帥などアメリカ当局者に直接会って訴えるしかない」と、お互い励まし合い、幣原喜重郎首相や吉田茂外相始め日本政府関係者や経済界トップと直接面会し、〝ステートメント〟同様の報告と在満同胞一七〇万人の救済を要望した。そして、三月十七日の朝日新聞に、「脱出者が語る満州の実情」と題する記事が出て、満州の惨状が、生の声として日本国民に知らされたのである。三人は更に世論盛り上げのため、出版物の発行や日本の引揚げ者諸団体への働きかけなど、大車輪の活動を展開することになった。

三人が成功したのは、戦前戦中を通して日本と縁を切ることのなかったカトリック教会からの多大の協力を得られたことだった。

彼等は、大連のレイモンド司教の紹介状を持って、ローマ法王使節のポール・マレラ大司教を訪問し、救済への尽力をお願いした。ポール使節は訴えを好意的に受け取り、マッカーサー元帥とその副官ヒューラー大佐に宛てた紹介状も書いてくれるなど、協力を惜しまなかった。このことが切り札となり、三人は連合軍総司令部に乗り込むことが可能になったのだ。

米国で数年間研究生活を送った丸山は、英語が堪能だったため、ＧＨＱの将校達と対等に話すことが出来た。「これらの満州の惨状は人道上の問題です。その解決には、あなた方の尽力が必要です。一日も早く引揚げ船を送って頂きたい」と熱弁を振るい、その私心のなさがＧＨＱの高官達に通じ、動かしたのである。

総司令部の作戦課は葫蘆島《ころとう》港の地図を課員総がかりで探し出し、マッカーサー元帥との面会を斡旋した。ついに丸山達三人は、四月五日に総司令官室で元帥と大きなテーブルをはさんで向かい合った。在満邦人の惨状と悲劇をつぶさに説明し、「このような事態を放任して何処に人道があり、正義が存するか」と率直に訴え、葫蘆島港からの引揚げの可能性を強調してそれを嘆願した。丸山の三〇分にわたる熱弁に、マッカーサー元帥は、「早急に希望にそうように努力します」と答えた。総司令部の米軍はこれを契機に、在満日本人の送還に本格的に取り組むことになった。

4 「在満同胞の実状を訴う」ラジオ全国放送と反響

マッカーサー元帥との面談で、好感触を得た三人は全国各地での満州事情報告に力を注いだ。そんな中、四月十七日夕食後の団らんの時間帯で、NHKから全国放送が許され、殆んど検閲がないフリーパスだった。その放送原稿は次のようなものだった。

「現在、満州には軍人を除いた民間人は約百七十万人と言われております。終戦以来、満州における重要工場などの施設は撤去され、その他官庁、病院、学校、高級住宅なども接収され、通信は絶たれ、金融機関は閉鎖され、秩序は乱れ、治安は悪化し、之にともない各地に暴行、掠奪、その他の不祥事が相ついで起り、その惨状は内地の皆様方の想像以上であります。（中略）このような深刻な事態の下に在満同胞は誰もが、一日も早く故国に帰ることを切望しているのであります。しかし、故国に帰る、すべての道は絶たれ、全満州の同胞は缶詰にされている状態であります。それだけに、在満同胞の中には、『祖国日本は我々を置き去りにして、見殺しにするのではないか』と疑念を抱いている人も少なくありません。在満百七十万人の同胞は、そんな不安と焦燥に駆られながら、遠く祖国の空を仰いで、救いの手を待ちわびているのであります。率直に申せば、今の満州の実状から考えて、在満同胞の生命は時間の問題である、と言っても過言ではありません。救済が一日遅れれば、それだけ多数の犠牲者を出し、その惨禍を加速的に増加させていくということは、何人も否定できないことであります。私が、ここで数分間お話をしている間に、すでに十数名の同胞が死んでいるのであります。終戦後、すでに八ヵ月が経過した平和の今日、なお満州の地では爆弾こそ落下しないけれども、幾百人幾千の同胞が飢えと寒さと病気のために枕を並べて黙々と屍になっているのであります。この戦争以上の悲惨事を目の前にして、何ら救済の方途が講じられないということは、人道上の大問題であります」

ラジオ放送の反響は大変なものだった。そして、実際に満州にも届いていたことを、後で知ることなる。当然、在満同胞達の間に新たな希望が蘇り、皆が一日も早い帰国を祈念したという。

5　留守家族から涙の便り

このラジオ放送のあと、二、三日すると、全国の留守家族から在満同胞救済代表部宛てに、毎日五〇〇通近い手紙やハガキが殺到した。NHK放送局宛ての手紙も二千通を超えた。三人では、とても読み切れず、手伝いの人を頼んで分類し、できるかぎり返事をだすようにしたが、とても対応できるものではなかった。

そんな留守家族（母親）からの手紙の代表例として、

「ごめんくださいませ、突然、お手紙を差し上げます。このたびは満州よりお帰りになり、在満の日本人が一日も早く帰国できるよう、お骨折り下さっておりますよし、誠にありがとうございます。私どもの倅夫婦《せがれ》と孫たちは、ただ今、満州の奉天におりますが、終戦後の満州の様子がわからず、手紙を出しても送達不能で返され、寒い満州で、どんな暮らしをしているか、無事でいるかと心配しております。どこで、どうしておりますか、どこへお尋ね致しましても満州の様子はわからぬとのことございます。先日、ラジオでお話を承りましたので、終戦後の奉天の様子なり、もし倅夫婦、孫たちのことなど、ご存じならお教え願いたく、不躾を顧みず放送局宛てにお手紙を差し上げました。私どもの倅は、奉天女子商業学校の教員でございます（以下、住所・家族の名前・年齢など省略）。嫁は昨年八月出産の予定でございましたが、無事安産できたか、産後の肥立ちよく丈夫になっているか気がかりでございます。親子の者がそろって無事でおりますよう、一日も早く無事帰国できますよう、日夜、神仏に祈っております。誠にお手数をかけ、相済みませんが、どうか、これらの者の消息など、ご存知でございましたら、お知らせくださいませ。（後略）」

私の祖父母も、ラジオ放送を聴いていたら同様な心境だったのではと想像してみた。

ラジオ放送の効果があってか、ある代議士から運転手つきで自動車を提供してくれたり、警視庁からガソリン特別配給を受けたり、三人の活動を支援する申し出も相次いだ。

6　満州引揚げが遅れたもう一つの理由

一九四五年（昭和二十年）八月二十一日、日本政府は、「外地及び外国在留邦人引揚者応急援護措置要綱」を各省次官会議において決定した。その時の計画では、海外残留邦人全員を帰国させるには、四ヶ年以上を要するものとされていた。その方針を出した背景として、本国の食糧不足、戦災による住宅不足で受入れ余地がなかったこと、輸送船の絶対的不足や港湾機能が麻痺していたことが考えられる。しかしながら、一方では軍人軍属の復員という名の日本帰還が粛々と行なわれていた実態をみると、満州残留日本人が、日本政府から〝棄民〟されたと受け取るのは当然であった。日本政府は九月に入ってから、満州の状況が当初の予想より悪くなっていることは把握し、またソ連軍の軍規があまりにもひどいことが分かった時には、既に手遅れであった、ソ連と交渉しようとしたがソ連から拒否された。ソ連は旧満州国の資産を本国に搬出することが第一で、輸送力を資産搬出に振り向けるため日本人を送還する余裕はなく、その考えもまったくなかった。

終戦から三ヶ月後の新聞にも『引揚げは案外早い　ソ連領の邦人が心配』のタイトルで、「もっとも安否を気遣われ寒心に堪えないのは北鮮、満州、樺太及び千島の各地域の邦人百八十万の状態であるが、これに関しては当局は終戦直後から連合国司令部に対し屢次《るじ》にわたって適切かつ緊急なる措置を懇請する一方、国際赤十字、ローマ法王庁に対しても人道的問題として救済にを請願しており今後も最善の努力を傾けることはもちろんであるが、問題は結局連合国の外交的経路を通じてモスクワに提示される手続きをとるので、この打開の途は、一にソ連の手中に握られている。これらの地域では在来の統治機構の消滅に伴い治安も一時混乱に陥り、殊に多数の居留民が夏支度の着のみ着のままの状態に飢えと凍死の危険にさらされる真に憂慮すべき状態にあるようである。外務省の調査によると本月二十日現在の在外同胞引揚は帰国既に四十万、在留総数三百三十四万人、生活困窮地域満州、北鮮、樺太、千島に振り向ける輸送船について、ソ連の承認あるまでは南鮮及び中国に振り向ける」とある。（昭和二十年十一月二十四日　朝日新聞）

7　米国政府の基本方針

米国政府は、中国本土や台湾におけると同様に、満州の日本人勢力の一掃を基本方針として、従来より国民党政府を支援しており、人道的見地からではなく、あくまでもアメリカの国益のためであった。一九四五年（昭和二十年）十二月十五日、米国大統領トルーマンは、国民党政府の支配による中国の安定化を図り、これを中心とした東アジア政策を行なうという方針を発表していた。即ち、満州から日本の影響を取り除かねばならないことから、在満日本人の帰国促進となったとも言える。一方、ソ連は同じ目的でも中共軍を密かに支援しており、米ソ冷戦が満州の地でも国共内戦という形で始まっていた。そのため難民化した日本人の早期帰国のためには、国共両軍の停戦を図る必要があった。

日本国内では、一九四五年（昭和二十年）十月の外交権停止以後、引揚援護業務は日本政府独自の業務としてではなく、占領政策の一環として連合軍総司令部（GHQ）の管理下に置かれていた。そのため、海外から引揚げてくる日本人受け入れのための措置について、その都度個別に指令されていた。その後、これらの個別指令は一本に統合され、一九四六年（昭和二十一年）三月十六日「引揚げに関する基本指令」として、日本政府に示された。現場の複雑な業務処理にあたる地方引揚援護局は全国に十八局設けられ、そのほか援護所、連絡所が七ヶ所設置された。満州から脱出した丸山氏ら三人が東京に姿を現わしたのが、幸運にも丁度ＧＨＱや政府が真剣に引揚船派遣を検討し始めた時期と重なっている。

連合軍総司令部は、ソ連軍に対しては人道上の問題からこれ以上放置できないと、在満日本人の送還を積極的に働きかけた。ソ連は第二次世界大戦の参加国で最大の死者（二千万人とも言われる）と国土の荒廃を被った国であった。

一九四五年（昭和二十年）九月、国民政府がソ連側に『中国は満州の全日本財産は中国に帰属すべきものと考える』と伝えていたが、十一月、ソ連代表は『ソ連の今次大戦における損害は他連合国全部の損害を合したものと同等である、それ故ソ連は満州における戦利品を当然の権利として主張する』としている（昭和二十一年三月十六日　西日本新聞）。

アメリカとの冷戦が始まりつつあったソ連が、最も必要としていた満州の日本資産の搬出が完了した一九四六年三月以降、ようやく満州からの撤退が始まったのである。

同日の新聞に『奉天撤兵赤軍　シベリアに向ふ』（重慶十四日発　ＡＰ）とある。

8　マッカーサー元帥の引揚船出発命令

引揚輸送については、米軍軍人の本国復員が一段落して船舶に余裕が生じたことを背景に、ＧＨＱは米国船「リバティー」輸送船一〇〇隻、同ＬＳＴ輸送船八五隻、同病院船六隻を引揚用輸送船として日本側に貸与することとした。この頃、上海米軍司令部は「日本人の送還は、中国戦区米軍の任務」という認識があり、国府軍との連携で送還ルートの確保、中共軍へも日本人難民の保護と国府軍との一時停戦協定締結など協力要請を行なったのである。

丸山ら三人がマッカーサー元帥に面会した二週間後の四月二十日、日比谷の堀端にある連合軍総司令部に呼び出され、作戦課のハウエル大佐から、「今日はあなた方にグッド・ニュースを差し上げる。いよいよ引揚船をだすことになった。昼過ぎに総司令官から『今月末、葫蘆島港に取りあえず二隻の引揚船を出発させるように』との命令がでた。このあと記者発表する。日本国民は、このニュースを明日の新聞で知ることになるだろう。ただ、あなた方には一刻も早く知らせたいと思い、急いできてもらったのだ」と大佐は、祝福の言葉をくり返し、三人に握手を求めてきた。三人は一瞬、茫然自失の体であったが、祝福するほかの将校達に肩や背中叩かれ、やっと我にかえった。気がつくと、三人は手をとりあって泣いていた。

写真 36　引揚船の表情

写真 37　葫蘆島港の全景

写真 38　いよいよ乗船（葫蘆島桟橋）

　三人が日本に帰国してわずか一ヶ月ちょっとの短い期間に引揚船派遣が実現したのである。

米軍はこの頃、葫蘆島《ころとう》に引揚機関を設置し三六名が駐屯して、中国側との連絡・衛生・船舶・通信・給費・情報等の指導連絡に当たりつつあった。一方、国府側は主として奥地からの陸上輸送・収容・検査等、乗船までの業務を担当し、引揚船の入港そのほかの海上業務は米軍があたるという業務分担であった。しかし、これは一応の業務分担であって、米軍は引揚業務全般にわたって広範囲の発言権を持っていた。

写真 39　食事の配給を待つ

写真 40　乗船を待つ引揚者の列

写真 41　船倉での食事

写真 42　離満の表情（船が岸壁を離れると皆の表情に明るい笑顔が）

写真 43　水葬（遺骸が海中へ下されると船はその周囲を 3 周する）

四月二十三日、米軍の指示により、国府中央軍当局から錦州の日僑に対する引揚命令が発せられた。五月四日、葫蘆島港司令部から米・中両軍の折衝委員が錦州にきて、日僑俘遣送事務所がおかれ、遣送事務が開始された（写真36・37・38・39・40・41・42・43）。

第12章　一七〇万在満日本人の引揚げ開始

1　在満日本人の引揚げ開始

一九四六年四月二十五日、引揚船第一便となるアメリカ軍ＬＳＴ　Ｑ58号が佐世保港を出港し、これには武蔵正道氏一人が便乗していた。引揚船に便乗して、再び満州に帰るという武蔵氏の行動も、厳密に言えば非合法的なもであった。だが、幸いに武蔵氏が満州を脱出する時、奉天の国府軍地下司令部から再入国の許可証を貰っており、その許可証だけが唯一の頼りだったと言う。彼は製薬業界などから医薬品や救援物資の提供を受け、建設業界からは多額の寄付金を預かり、関係方面に届けた。そのほか日本の新聞も大量に持ち込み、吉田茂外相や楢橋渡内閣書記官長など、政府要人から高碕辰之助・在満日本人会に宛てた書簡や関係書類も託され、それら重要書類は衣服に縫い込んで運んだのであった。

五月二日には葫蘆島港に到着した。埠頭には日本人難民の群れであふれていた。引揚船の派遣をいち早く耳にした錦県や阜新地区の人達が、我先に葫蘆島港に集っていたのである。

引揚船第一便が一、二二九人の同胞を乗せて佐世保港に着いたのは五月十四日のことである。その後、米軍ＬＳＴや改造した貨物船、日本の病院船などの送還船で在満同胞達は続々と故国に向かったのである。武蔵正道氏は、奉天の日本人会を訪ね、「引揚げは、まず北満からの避難者と病人を最優先にするべきです。これから、各地の日本人会を回って、そうした方針を徹底するように伝えます」と提案することも忘れなかった。幸い、各地で始まった引揚げは、まず難民や病人を優先実施され、日本人会の指導の下に、整然と引揚げは実施されたのである。

武蔵氏ら三人のほかに、日本政府の無策に怒って旧満州に潜入し、難民の惨状を写真に撮って帰国、ＧＨＱに「一日も早い引揚げを」と訴えた写真家の飯山達雄氏を忘れてはならない。

飯山氏は一九四六年七月五日、奉天（現・瀋陽）に潜入し、「奉天の孤児収容所は、生けるしかばねの餓鬼地獄だ、食糧が底をつき、一日一椀の高粱がゆ支給がせいぜい、十九人の孤児は歩くこともままならない。じゃがいもを口にする手は老婆のようにしわだらけ、せいぜい小学二、三年生の姉がぐったりした妹を背負っている。直径五、六〇《メートル》もある大きな穴に日本人難民の腐乱死体が重なり、白骨化しかかっている現場にも行きました」と引揚者の実態を写した写真を在外同胞援護会や外務省、ＧＨＱに提出、早期引揚げを訴えている。飯山氏の写真は数多くの引揚げの記録や写真集に提供されている。戦争の悲劇を女性や子どもという弱者にしわ寄せして、「特権階層」の軍人や官僚こそ生き延びる権利があるとばかりに、身の安全をはかろうとした軍人の仕打ちに我慢ならなかったのである。

満州からの本格的引揚げは、葫蘆島《ころとう》から奉天《ほうてん》（現＝瀋陽）地区の日本人が昭和二十一年七月二十二日、新京（現＝長春）地区は七月二十四日、それぞれ博多港に入港したのが第一陣として始まった。同九月二十三日には、斉斉哈爾《チチハル》、ハルピン地区の第一陣四四〇名が葫蘆島から博多に上陸している。

日本人会の活動をしていた武蔵氏は敗戦一周年の八月十五日に国府軍にスパイ容疑で逮捕され、二ヶ月にわたって、殴る蹴る、水攻め、電気を使った拷問を受ける地下牢生活を送らねばならなかった。幸い、知り合いの国府軍東北指令長官部の大佐に無実を告げられ、十月二十二日釈放された。十月二十六日には奉天を出発し葫蘆島港に移動、最後の引揚船で帰国の途につき、十一月一日、最後の引揚船で佐世保港に入港した。任務を果たし、約半年ぶりの帰国であった。武蔵氏が満州を出発する時は外相だった吉田茂は、その直後の五月二十二日には首相に就任し外相も兼務していた。満州での活動や国府軍と八路軍の内戦など、現地の情勢に詳しく報告すると、「本当にご苦労でした」と吉田首相は、しんみりとした口調で労をねぎらってくれた。

吉田首相と面会した一ヶ月後、連合軍総司令部とソ連代表部の間で、ソ連領、ソ連占領地区からの日本人送還についての協定が成立し、ソ連軍支配下の大連地区からの引揚げ船第一陣が約六千人の同胞を乗せて佐世保港に入港したのは十二月八日のことであった。

一九四六年（昭和二十一年）九月七日に行なわれた、ジョージ・アチソン対日理事会議長の声明の中に、「日本将兵の送還は、ポツダム宣言の条項に従って行なわれたものであるが、一般日本人の送還は、全く人道上の理由によってなされたもので、連合軍総司令官の義務として行なったものではない」と言明されている。

この声明から判断しても、在満日本人の引揚げは日本政府の最初の計画にはなく、予定より早く行なわれることになったのは、戦争が終わって満州に多くの日本人が取り残されていることが如何に非人道的であるかを武蔵氏等三人が強く内外に訴え、GHQに要請し、マッカーサー司令官も深く理解し、義務的占領政策の一環を乗り越えて、人道的見地から積極的に引揚げの方策を考慮した結果によるものであった。

2　七十三年後に満州引揚げ開始秘話をNHKが放送

私達家族を含めて、満州・安東からの引揚げが、何故、敗戦の時から一年以上も遅れてしまったのか、その理由はソ連軍による満州占領と、国民政府軍と八路軍の内戦、即ち国共内戦によるものと、調べるうちに分かってきた。しかし、一年遅れて祖国日本に帰還出来ることになった理由、即ち、連合軍総司令部を突き動かした大きな要因については、私は、最初のうちは考えが及ばなかった。

第二次世界大戦中にユダヤ人にビザを発給し、実質六千名以上のユダヤ人の命を救った〝杉原千畝外交官〟のように、国民に広くその功績が伝えられたわけではない。三人の活動が独力で、時には極秘裏に行なわれたことにより、それを裏付ける記録は殆んど残っておらず、それを知り実証できる政治家も全てこの世を去っている。わずかに、武蔵正道氏の著者『アジアの曙　死線を越えて』と丸山邦雄氏の遺族の著書『満州　軌跡の脱出』が詳細に記録しているだけであった。私は、二〇一八年十月、福岡市総合図書館でこの二冊を見つけた時は、新たな歴史書を読むような感覚に陥った。夢中になって何度も読み返し、主要部分はコピーもとった。

この二冊の著書を基にして、ＮＨＫは二〇一八年十二月、武蔵正道、丸山邦雄、新甫八朗の三人の活動にスポットをあてたＮＨＫスペシャル「引揚げはこうして実現した　～旧満州・葫蘆島《ころとう》への道～」を放送した。番組では、三人が使命感に燃え、一致協力して周到に準備し、決死の覚悟で満州を脱出し、コロ島からの在満日本人難民大送還が実現するまでの経緯を、当時の吉田茂外相やマッカーサー元帥・連合軍総司令部幹部との対面やエピソードを織り込んでいた。戦後七十三年経って初めて、陰の功労者の活躍ぶりを日本国民に知らせたのである。

第13章　家族の安東引揚行路を辿る

1　安東から苦難の引揚げ

しかし、一九四六年（昭和二十一年）五月に始まった日本人送還は順調にはいかなかった。夏になると満州各地の情勢は不穏なものになっていた。春以来、満州の主要な都市は国府軍の掌握下にあったが、この頃から各都市周辺で八路軍の動きが活発化し、次第に国共内戦状態になっていった。安東も例外でなかった。中共軍は労工要員として日本人男子を、女子は看護婦要員として徴用を開始した。初めは希望者を募っていたが、一九四六年（昭和二十一年）春頃からは強制的となり、いきなり連行され、塹壕掘りをさせられたり、銃火が飛び交う中、負傷兵を担架に乗せて野戦病院まで運ぶ作業に従事することもあった。国共内戦が膠着状態となった夏以降、米軍の仲介により停戦協定が実現することにより、表立った戦闘が小休止状態となり、ようやく安東日本人の引揚げが始まっ

写真 44　旧・安東駅

写真 45　新・丹東（旧・安東）駅前

写真 46　新・丹東駅広場

たのである。しかし、それもあくまでも表面的なもので、実際は命がけの引揚げであった。

一九四六年（昭和二十一年）八月二十八日、米国、共産党、国民政府の三人委員会が、日本人引揚者の帰路のルートを確保し、当時安東地区を支配していた共産党が主導し、日本人で組織する安東省民主連合も任務についた。九月五日、予め決められたルートによる引揚げが開始することが日本人に伝えられた。食料は二週間分用意することと所持金は一人千円に限る、貴金属は所持しないことが告げられた。九月十日、第一陣が試験的に出発することになり、八百名が安東駅の貨物引込線に集合した後、厳密な所持品検査を受けたうえで、瀋陽（旧奉天）に向けて出発した（写真44・45・46）。安東駅を出発して当初は順調に動いていた列車は、二時間もするとストップした。「下馬塘駅」手前二キロにある鉄橋が爆破され、一行はトンネルの手前で下車を余儀なくされた。そこから徒歩による渡河や山越えの引揚行が始まったのである。

〝安東会〟の会報誌「ありなれ」（朝鮮語で鴨緑江）は平成三十年（二〇一八年）で62号を数える。そこにも引揚げの生々しい実体験が書き残されている。

昭和二十一年九月二十六日、安東駅を出発した引揚団は千人程度で編成され、駅前広場で日本人の民主連盟員による厳重な荷物検査が行なわれた。禁制品探しを理由に、水筒の吊り紐の中に縫い込んだものをあばいたり、にぎり飯を割り、パンをさいてまで発見しようとしたり、婦女には婦人の連盟員が身体検査をして帯などを解かせた。帰国取消し怖さに子どもの物までも強制的に供出させられたと言う。検査で規定を守らなかった者が帰国取消しになった。引揚者の眼には、同胞の身でありながら暴きだしては没収する民主連盟員は、鬼畜のように映ったと言う。

安東から奉天（現＝瀋陽）までの安奉線は約二五〇キロで、川の流れに沿って渓谷を縫うように走り、満鉄の中でも車窓からの景色は美しいことで知られていた。当時列車で所要時間五時間のところを、安東からの引揚者は誰もが五日から十日間も要している。陸路とはいえ、命がけの行軍であった。国共内戦で鉄道線路が破壊され、国共両軍が対峙しているため、列車を降り迂回して川を渡り、急坂をよじ登ったりして僅か六キロのところを山道十二キロの難路を歩いたり、両軍の一時停戦状態を見計らって、河を命懸けで渡ったりすることを余儀なくされた。その上、国共両軍や地元部落民から通行税まがいの金品を強要されるなど、文字通り難行苦行の逃避行であった。

「安東駅の倉庫みたいなところで二晩程待機しただろうか、厳重な持ち物検査があり、いよいよ列車に乗り込んだが、当時は国共内戦のさ中であり、線路が中断されそれからは徒歩による本格的な逃避行となった。時として戦場を迂回するため深い山や谷を越えての行軍となり、歩けなくなった老人や子供たちや幼児などから順に路上に置き去りにし、これが引揚者の我々にとり、終生かき消すことのできない悔恨の念として残り、脳裏をかすめるのはどなたも一緒であろうと思われる……。そして迂回したはずであった宮原（本渓湖の一つ手前、宿泊した所）を過ぎて、ついに我々一行は交戦中の戦場に出くわしてしまった。もう後ろへも前へも引けず、枯草の積まれた田圃の中を時おり頭上をかすめる銃弾の下を全員必死で腹ばいながら戦場を突破した。私の人生で最初で最後の戦場体験となった」（「ありなれ」54号　田尻英雄）

また、奉天から葫蘆島《ころとう》（現＝遼寧省葫蘆島市）までの鉄道約二三〇キロは破壊されてないが、引揚げ日本人が乗る列車は、殆んどが一枚板のような無蓋車であった。その上、肝心の出港地・葫蘆島港には乗船できない帰還邦人が溢れ、手前の錦州や錦西で列車の順番待ちのため滞留を余儀なくされた。

何処の収容所も劣悪で、朝夕の冷え込みも厳しくなり、雨など天候不順が続くと病人が続発し、乗船前に命を落とす人も多かった。

母子家庭であった私の家族は、安東引揚げの最優先扱いとなって第一陣か第二陣で安東駅を出発した。一ヶ月余の私達の引揚行は、正規の陸路による「引揚げコース」であったが、敗戦国民であるがゆえに惨めな扱いを受け、また国共内戦のさ中を、命を賭してくぐり抜けるという苦難の連続であった。

私が家族と共に安東から葫蘆島経由で博多港に上陸したのは、厚生省の引揚証明書によると、昭和二十一年十月二十九日と記されている。引揚げについて母から聞かされたのは、「安東からの引揚列車は無蓋貨車で、雨でずぶ濡れになった上、子ども達が貨車から落ちないようかぶさるように抱きかかえた」、「途中、何度か列車が止まり、其のたびに金品を要求された」、「列車が止まって動かなくなったので山道を歩いた」、「リュックの底にオシメを詰めその上に一歳の妹を背負い、五歳の兄は殆んど一人で歩いた。三歳半の昌弘は時々お金を出して満人に背負ってもらった」、「満人部落を通った時、子どもをくれと何度も言い寄られた」「葫蘆島までの収容所はどこも倉庫のようで、冷たいコンクリートや土間に雑魚寝した」などで、極めて断片的であり漠然とした引揚状況しか私には残されてない。

2　博多湾に海上都市出現　滞留引揚者六万人

葫蘆島に帰還日本人が溢れた原因は、引揚港である博多港にあった。引揚港の浦賀、舞鶴、佐世保、博多の各港で発疹チフス、天然痘、コレラなどの伝染病患者が発生し、特に博多港で多数のコレラ患者がみつかり、死者も出ていたため連合軍司令部は検疫の徹底と長期間の隔離を指示していた。「コレラの検査方法は尻の穴へガラスの棒を突っ込むという荒っぽい検便で、コレラ菌が検出されると上陸が二週間延期された。十五回も検査され隔離期間五十日に及んだ」（「ありなれ」第50号　橋本明郎）

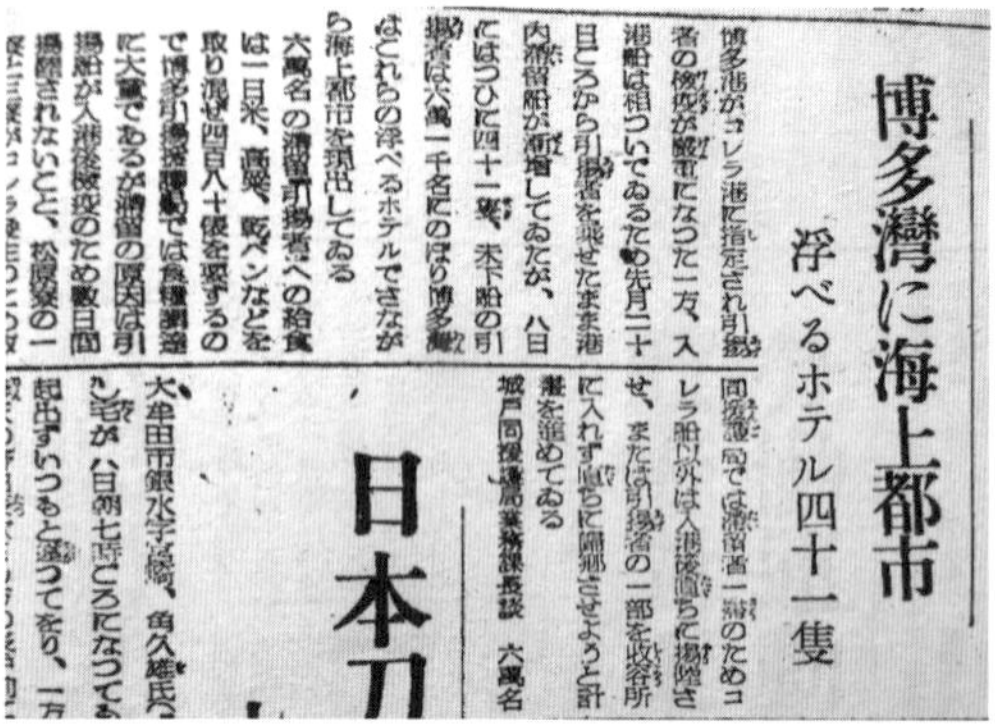
博多灣に海上都市

浮べるホテル四十一隻

写真47　「博多湾に海上都市」新聞記事

母国の街の灯を目の前にして多くの引揚者が幾日も上陸を許されなかった（写真47）。

「博多湾に海上都市　浮べるホテル四十一隻」の見出し（昭和二十一年十月九日西日本新聞）で、次の記事がある。

「博多港がコレラ港に指定され引揚者の検疫が厳重になった一方、入港船は相ついでいたため先月二十日ごろから引揚者を乗せたまま港内滞留船が漸増《ぜんぞう》していたが、八日にはついに四十一隻、未下船の引揚者は六萬一千名にのぼり博多湾はこれらの浮べるホテルさながら海上都市を現出している。（略）滞留の原因は引揚船が入港後検疫のため数日間揚陸されないこと、松原寮の一寮と三寮がコレラ発生のため収容できないことなどのためである」

満州からの引揚げがストップした状態にマッカーサー司令部は、葫蘆島からの輸送促進をはかるため、検疫簡素化を指示し、厚生省博多援護局では船長の報告を受け伝染病のない時は直ぐに揚陸を許可することにした。防疫期間の廃止によって、一日七千～八千名を揚陸させ、約二週間で博多港内滞留者を一掃することができた。

3　家族の博多港上陸

昭和二十一年十月十三日　瀋陽（奉天）の日僑俘虜《にっきょうふりょ》管理処では、十月九日現在で満州地区から送還を終った日本人総数は九十万人余に達したが、なお十万以上が葫蘆島、錦州、錦西地区で帰国を待っていると発表した。この十万の最後のグループに私の家族がいた。

葫蘆島港から博多港までは二～三日間要していたので、博多港での平均隔離期間を十日間とする

写真 48　博多近し

写真 49　博多上陸

写真 50　博多桟橋

写真 51　上陸を助ける婦人会の人たち

写真 52　生きて再び祖国の地を踏めた

写真 53　日本の土を踏みしめる

と、私の家族は九月二十五、六日頃に安東を出発し葫蘆島出港は十月十六日〜二十六日の間と推測される。「乗船の時に船員さんから『ご苦労様でした』と声をかけてくださり嬉しかったのを覚えている。御飯もとてもおいしかった」と多くの引揚者は語っている。やっと辿りついた引揚船の粗末な船底に、多くの人と一緒に詰め込まれた状態であっても、私達は同じように感謝したに違いない（写真48・49・50・51・52・53）。

昭和二十一年十月三十一日付の西日本新聞によると、

「安東地区を最後として、奥地中共地区の邦人もその殆んどがすでに故郷の土をふんでおり、懸案であった満州引揚げも十月末で漸く一段落した。現在博多港には隔離船を除いて残った四隻の引揚船が、上陸の日を待ってゐるが、三十日は上陸なく三十一日も六百人ほど揚陸するだけで、全国一の引揚基地もけふこのごろはひどい閑散ぶりを呈している」（原文のまま）

とあり、十月二十九日の私の家族グループの上陸が、満州引揚げ一段落という歴史的節目となった。昭和二十三年までに総計一〇五万人の在留日本人が、難民として終止符を打った葫蘆島から引揚げ、博多港には引揚援護局が閉鎖された昭和二十二年五月まで海外日本人一三九万人が上陸している。

第14章　三度の安東

1　生まれ育った間組社宅に高層マンション

安東から葫蘆島までの引揚行路を中国の友人李友林《リユウリン》氏の助けを得て二〇一五年（平成二十七年）、七〇年前私達家族が安東駅を出発した時期と思われる九月末から一週間かけて辿ってみた。これには安東会の柳沢隆行さんや池田昌之さん安藤巌さんから詳しい資料を提供して頂いた（写真54・55）。

九月二十九日北京から空路丹東（旧安東）に入り、その足で安藤巌さんから頂いた間組社宅を詳しく記した地図を手に安東駅（現・丹東駅）裏側（西側）の社宅跡地に向かった。私が三年半過ごした間組社宅は中庭を中心に四方を囲む一角にあった青瓦の二階建てで、当時としては中規模の集合住宅だった。そこには三五階建ての高層マンションが建っていた（写真56・57）。しばらく住宅見取り図を見ながら周囲を眺めていると、中年の男性が話しかけてきた。事情を話すと彼は、「二〇〇五年建て

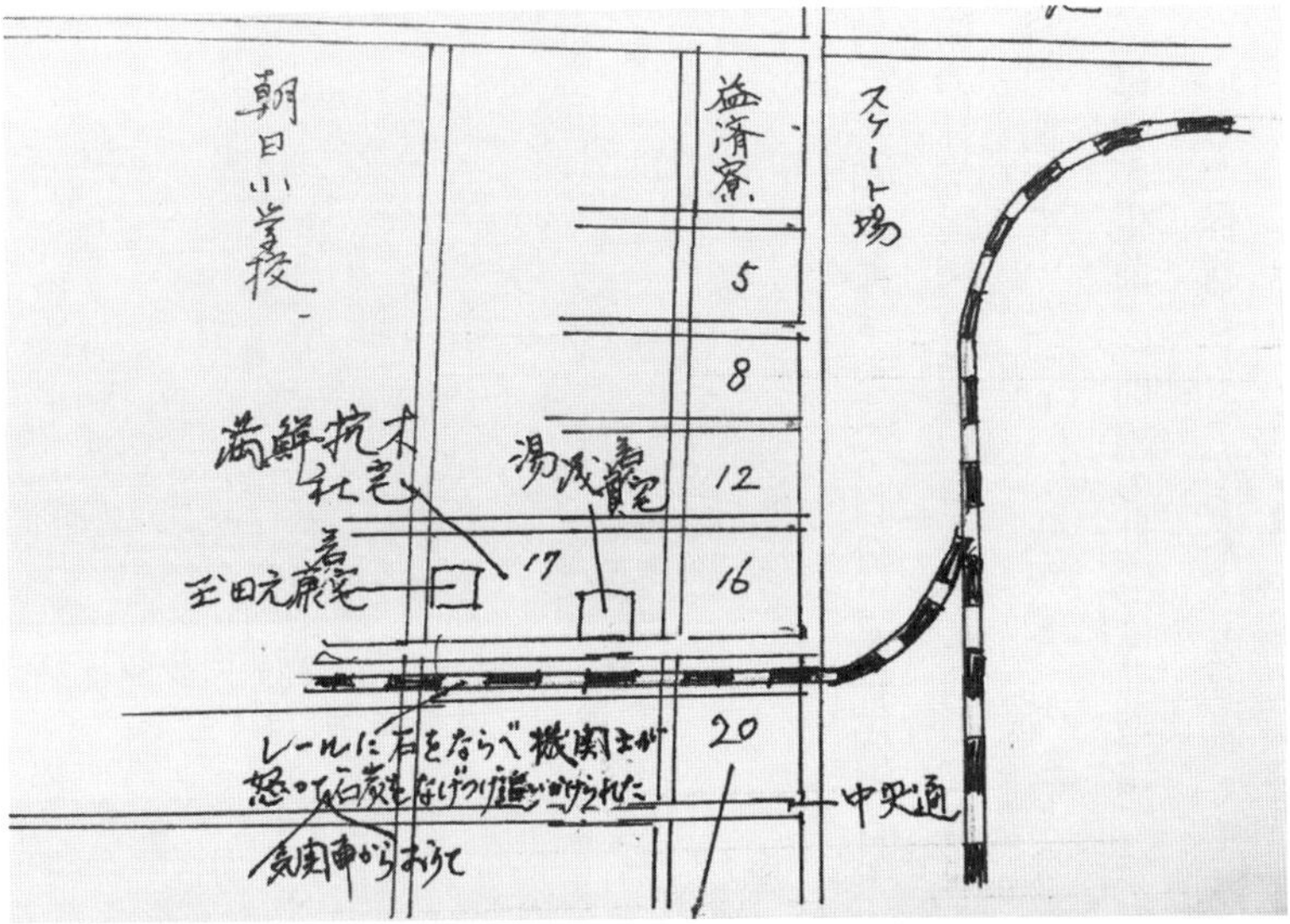

写真 54　当時の間組社宅所在地（安東駅西側）

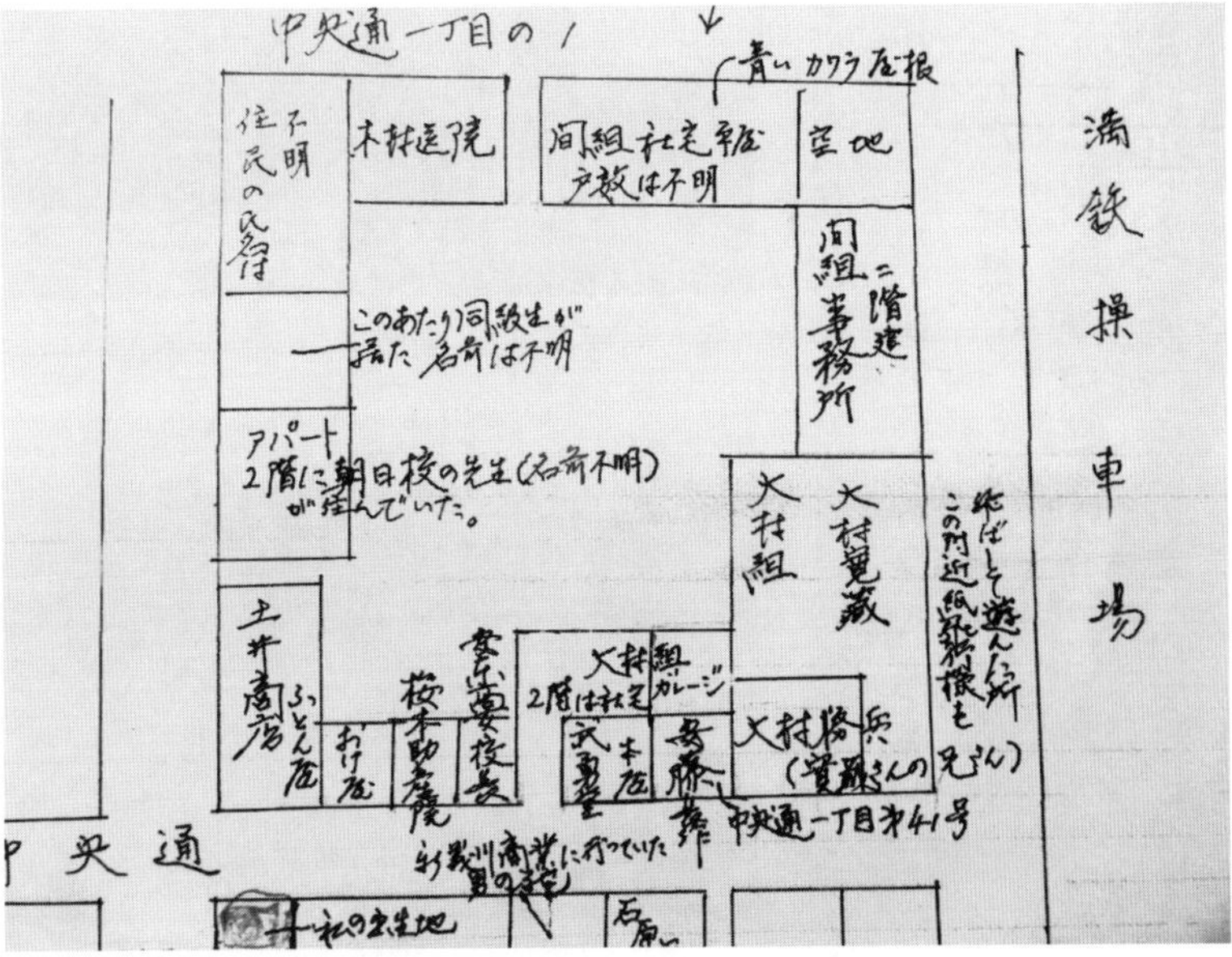

写真 55　当時の間組社宅（四院）

替え工事が始まるまで自分は敷地内の日本人が建てた家に住んでいた」と言い、私が手にしていた間組の社宅地図を指差して、「ここの二階建ての家に住んでいた。地下室もあって、柱や板壁は良い材料を使っていた」と、〝我が家〟のことを説明してくれた（写真58）。

母親が生前、「間組の社宅は二階建てであんたは小さい頃、二階から転げ落ちたことがあったけどたいした怪我もしなかった」と話してくれたことを思い出した。偶然とはいえ、現実にこんなことがあるのかとビックリした。

写真 56　間組社宅跡に高層マンション
＝ 2015 年 10 月 4 日

写真 57　高層マンション内庭

写真 58　現地住民が説明
＝ 2015 年 10 月 4 日

2　ミニテーマパーク〃安東老街〃

丹東中心街の中国の有力ホテルチェーンの『万達酒店』に宿泊したが、案内役の李友林さんが「夕食がてら夜の〃安東街〃を散歩しませんか」と大通りを挟んで斜め向かいにある建物へ案内してくれた。幅五、六〇メートル以上、二階建ての長大な建物の入り口には〃安東老街〃の看板が取り付けてあり、〃安東遊覧案内図〃が掲げてあった（写真59）。案内板には、「一九〇四年日本が安東を占領して植民地として開拓し街づくりしてきたが、その初期の頃の街を再現したもので、我々中国にとっても歴史的に大変価値があるもので、ここに再現した」と説明書があった。建物の中に入って驚いた。満州国時代の安東に在住した日本人に親しまれていた繁華街の〃市場通り〃のプレートが街角に貼られ、敷島洋行、文英堂書店、安東電報局などの会社名や〃仁丹〃の看板があり、〃おでん〃の屋台もあり、日本人街を再現していた。中央広場では華やかな衣装を纏った中高年の女性が扇子を手にして踊りを楽

写真 59　「安東遊覧案内図」の看板

写真 60　ミニ・テーマパーク「安東老街」

写真 61　国慶節を祝う住民の踊り

写真 62　旧・安東の通りを復元

写真 63　日本の屋台も再現

しんでいた。国慶節前夜をいわばミニテーマパークとも言うべき〝旧安東街〟で一般市民が祝っているのを見て、私の生まれ故郷の安東（現・丹東）は、日本が中国の領土を占領し、植民地化したという歴史的な負の遺産の街であったものの、中国の人々はその恩讐《おんしゅう》を乗り越えて、満州時代の日本に郷愁を感じているようにも思えた。日本では殆んど知られてないこのミニテーマパークに案内してくれた中国の友人の「今の丹東（旧・安東）に住む市民は日本に好意を抱いているんですよ」と言わんばかりの優しい心配りに熱くこみ上げてくるものがあった（写真60・61・62・63）。

3　水豊ダム堰堤最上部で完成当時を想う

翌三〇日、市内中心部から鴨緑江を遡ること八〇キロほどのところにある水豊ダムに向かった。ダム堰堤周辺は軍事警戒区域のため、観光客は勿論のこと一般市民の姿はまったくなかった。そこを発電所関係者の案内で車で進み、ゲートを開けてくれた武装兵士の後をついて水豊ダムの堰堤最上部へ上がることができた。ダムそのものは中国側が管理し、電力は北朝鮮側にも配電していると発電所の幹部は説明してくれた（写真64・65）。

水豊ダムは、『間組百年史』には「世界最大の堰堤―水豊発電所工事」のタイトルで、次のように記されている。

「昭和十二年から開始された鴨緑江の水豊発電所工事は、当社の戦前の工事史ではもちろん、日本の土木工事史上に燦然と輝く記念すべき工事である。水豊発電所は、直線式溢流《いつりゅう》式コンクリート堰堤《えんてい》で、堤高一〇六・二メートル、堤頂長八九九・五メートル、堤体積約三二三万㎥という世紀の大堰堤である

写真 64　水豊ダム堰堤

これによって生じる貯水池は長さ一六五キロ、有効総貯水量一一六億㎥、発電量は最大出力七〇万キロワットという壮大な規模であった。しかもこれだけの大工事を、当社、西松組、松本組の三社でわずか四年余りで竣工させたのである。

写真 65　水豊発電所(2)

写真 66　完成した水豊ダム（当時）

工事の分担をみると、堰堤工事は二つに分割されて朝鮮側を当社、満州側を西松組が担当し、発電所（大堰堤の直下の朝鮮側に築造）工事は当社、そして鉄道・道路工事は当社、西松組、松本組であった。工事は特命で、全体の詳細設計が未詳にもかかわらず、工事の決定とともに着手した」とあり、父の間組が中心となった工事で当時、アメリカのフーバーダムに次ぐ世界第二位の発電所建設だった。百億㎥以上の湖水は琵琶湖の半分の規模で工事を担当した労働者も、延べ二、五〇〇万人にも及んだ。更に、「当社は大堰堤工事のため昭和十二年九月、水豊出張所を設置した。さらにこれ以外の付帯工事のため順次四出張所（大館《だいかん》、青水《せいすい》、勝湖里《しょうこり》、長甸河口《ちょうでんかこう》）を設け、工事に望んだ」とある。父親が仲間と写った長甸河口の地名が出ている。

「壮大な工事を短期間に竣工させるため、この工事には実に多くの労働者が動員された。しかし元来、朝鮮北部は人口密度が低いため、労働者の数が決定的に足りず、労働者の多くは〝斡旋〟形式により半強制的に朝鮮南部から送り込まれたものたちであった。こうして労働力は確保されたが、その一方で、現場は混乱し、朝鮮人、中国人労働者の事故が頻発した。その正確な数は不明である。また、現場一帯は朝鮮人・中国人の抗日ゲリラ部隊の活動圏でもあり、ゲリラの襲撃から身を守るため、掛主任以上の中には拳銃で武装して工事に臨んだものもあったという」とある。父の上司であった水野健三さんは「ゲリラだけでなく労働者の暴動にそなえて拳銃を持たされていた」と語っていた（写真66）。

広大な湖が見渡せるダム堰堤上部の長さは九〇〇《メートル》、中国側から北朝鮮側へは歩いてすぐの距離だ。まさに手に取るように近い、堰堤下中国側の発電所管理建屋と丹東（安東）の街へと続く鴨緑江の眺めを瞼に焼き付けた。私は、「父親が建設工事に関わった同じ場所にやっと辿りつくことができた！　何と幸運なことか」と喜びを嚙みしめた。そして、「父親もダムが完成した時おそらく自分が立っているこの堰堤上に両足を踏みしめ、たくさんの工事関係者と『幾多の困難を乗り越え、世紀の大工事を成し遂げた！』と感慨にふけったのではないか」と思いを巡らした。日本を出発する時は想像も出来なかったことで、案内を買ってくれた中国の友人に改めて感謝した。

4　七十年振りに引揚行路を辿る

国慶節の十月一日は丹東は生憎の激しい雨だったが、引揚げの出発地である安東（丹東）駅裏側に向かった。そこは引揚日本人が集合待機した引込み線があった場所で、間組の社宅とは道路を挟んですぐのところ。今はその面影はまったくない。できるだけ当時の行路を辿ることにしたが、市内中心部の旧線路は雑草が生い茂り、いつの間にか消えてなくなり、平行して走る新しい線路のみが北に向かっていた。やむなく高速道路を利用しながら瀋陽方面へ二時間ほど北上し、下馬塘JCで一般道に下りた。当時国共内戦で下馬塘駅《げばとうえき》手前の鉄橋が爆破されたため、日

写真67　下馬塘駅舎

写真68　下馬塘駅ホームから安東方向を望む

本人難民が徒歩を余儀なくされ、生死の境をさまよう苦行の徒歩行軍が始まったところだ。立ち寄った下馬塘駅は以前とは少しばかり瀋陽よりに二〇〇〇年に立て替えられ外観は新しく、高速鉄道の駅でもあった（写真67・68）。安東会の大和田義明さんの体験談を思い出しながら、また、柳沢隆行さんから頂いた手書きの地図をみながら小雨の中を南芬までゆっくりと車を走らせながら、蛇行する川とその河原、雨に霞む標高七〜八〇〇メートルの山並み、幅の狭い旧道等の地形を観察した。気温を計ると五度を下回っていた。川幅は一〇〇メートル程だろうか、ごつごつした大小様々な石ころばかりが目に付く。引揚難民の日本人が凸凹の川沿いの道路を歩いたりや河原で休憩したり、十二キロの道を八時間かけて歩いたと証言してくれた方もいた。また国共内戦の銃砲の音に怯えながら、道なき山中をさまよい、ひたすら尾根を目指して登り、反対側の集落を目指したと言う（写真69・70・71）。一歳半の妹を背負う母は五歳の兄と三歳半の私をどうやって連れて歩いたのか、荷物などとても持てやしない。出発する時に制限された僅かの所持品さえ捨てざるを得なかった状況が充分に推測された。安東会の馬場涼子さんは、「山越えの途中で体力を失った老人が動けなくなり、家族が木の枝や手で土を掘り埋葬作業をしていた。よく見ると顔を覆った白い布が微かに上下していた。当時幼かったが、今でも忘れることが出来ない光景でした」と涙眼で語ってくれた。七十年ぶりに訪れたこの日、十月初めというのに山間部とあって小雨も降っていたせいか、気温も低く、道は舗装もしてなく泥んこ道で、人の往来は殆んどない。時折大型トラックが車体を揺すりながら通り過ぎる。集落がある方向に車を走らせると〝解放村〟の標識をみつけた。柳沢さんが説明してくれた日本難民が通過した村だ。その標識のところに立って、西側に目をやると、奉天（現・瀋陽）に通じる宮原（現・本渓）方向の道は比較的整備されていた。東側は日本人難民が辿った山道に通じる川沿いの道路で、今でも整備されてなく主要道路ではないことは一目瞭然だった。迂回して通過したと思われる集落を確かめるには余りにも時間がかかりすぎるので、やむなく再び高速道路にもどり瀋陽の街にはいった。当時歩いたり、列車に乗ったりして三日程度かかったところを車で僅か二時間足らずだ。

写真 69　鉄道爆破で徒歩で渡った川

写真 70　安東引揚者が徒歩を余儀なくされた山岳地帯

写真 71　安東引揚者が歩いた道

写真 72　瀋陽（旧・奉天）駅

写真 73　瀋陽駅界隈は近代ビル群

瀋陽駅の西側は、昭和十七年の満州国省図によると鉄西地区と称され、鉄鋼、機械、金属の重工業から軽工業、食品工業等あらゆる産業の九八社が名を連ねる大工業団地だった。満州に侵攻したソ連軍は直ちにこの地区のすべての工場設備を根こそぎ持ち去り、その跡のがらんどうの建物が難民収容施設として使われたのだ。私の家族もどこかで引揚列車に乗るまで収容されていたはずだが、今は高層住宅街となって当時の面影は何一つなく、確かめようもなかった（写真72・73）。

安東地区からの日本への引揚げは奉天（現・瀋陽）経由の鉄道を使うしかなく、しかも北部の新京やハルピンからの引揚げとも重なり、渤海湾に面した中国大陸東端の葫蘆島港への鉄道と主要駅である錦州や錦西などの収容所は日本人難民で大混雑だった。どこの収容所もコンクリート床の工場跡が使用されることが多かった。何日もの汗と泥と雨がしみこんだ日本人難民の中には、空いている馬小屋にぎゅうぎゅうに何家族も押し込まれ、馬糞の臭いがする干し草の上に寝ることも余儀なくされた人もいた。劣悪な衛生環境に一週間以上も多くの人が留置かれ、充分な食料も行き渡らず、苛酷な引揚行路で体力を支えきれなくなった病人や老人、幼児が次々と命を落とした。僅か七十年前、そこでコレラ、チフス、赤痢等の伝染病に冒され、故国を前に帰らぬ人となった数多くの難民がいたことなどを想像した。更に、乗船前にＤＤＴの消毒があり、係員が噴霧器で頭から服の中、足の先まで真っ白い粉をふりかけた。それでも博多や佐世保の港にはいって、船中に伝染病患者が発生すれば一週間も二週間も上陸を許されなかった。

5　錦州の「遼瀋戦役記念館」で見たもの

国慶節の翌日の十月二日は秋晴れの天気で、瀋陽駅は帰省客や行楽客でごった返していた。私は瀋陽から満員の新幹線で錦州に向かったが、線路の両側は緑豊かな農地が拡がっていた。七十年前の日本人引揚者は、床板一枚の台車に四隅に棒切れを立てロープで囲いをした粗末な無蓋貨車に、振り落

写真 74　遼沈記念館

写真 75　遼沈戦役記念館展示物

写真 76　遼沈戦役記念館国共内戦説明図

とされないよう必死の思いで身を寄せ合って乗っていた。時折停車しては金銭や貴重品を巻き上げられることもあり、その間に線路脇の畑で誰もが用を足したと聞く。新幹線は錦州市街手前に新設された錦州南駅で停車し、そこから『遼沈（遼瀋）戦役記念館』に案内してもらった（写真74・75・76）。

錦州は交通・交易の中心地として古くから栄え、遼東湾に臨む最大の街で、一九三一年（昭和六年）九月十八日、奉天（現＝瀋陽）の北方柳条湖で、日本軍参謀が計画した満鉄の線路が爆破されたことに端を発した「満州事変」最後の激戦地であり、蔣介石率いる国民党と毛沢東率いる共産党軍が日中戦争終結後、戦いを繰り広げた、いわゆる「国共内戦」の激戦地でもある。中国国内の歴史博物館はどこも日本による侵略被害を強調する抗日戦争が中心となっているが、ここ錦州では共産党軍の敵は国民党であり、日本が支配していた旧満州国争奪を巡る熾烈な「国共内戦」の歴史が詳しく展示されていた。私達安東市民が、鉄道線路爆破により列車を降りることを余儀なくされ、何故に山中を彷徨った理由がよく分かった。

6　記念館は抗日戦争ではなく国共内戦を詳細展示

『遼沈（遼瀋）戦役記念館』は共産党軍側から見た歴史が詳しく展示されていたので、これに蔣介石率いる国民党軍から見た『蔣介石秘録』を重ねて検証してみた。

一九二一年に創立された中国共産党は、農民の支持を受けて勢力を伸ばし、毛沢東が指導権を握った共産党「紅軍」と蔣介石率いる国民政府軍とが各地で激しい抗争を続けていたが、日本が満州国を成立させると、抗日民族統一戦線を結成して戦闘を中止していた。日本政府が米英中ソの四ケ国に対してポツダム宣言受諾の意向を伝えたのは終戦の五日前の八月十日である。

日本軍という共通の敵が消滅すると、共産党と国民党軍はふたたび対立を顕在化させた。延安《えんあん》の共産党軍は支配する解放区のすべての武装部隊に、「日本軍とそのカイライ政府軍を直ちに武装解除し、それらが占拠する都市や主要交通線を接収し、軍事管理下に置くよう」指示した。一方蔣介石国民党総裁が委員長をつとめる重慶の軍事委員会は、「第一八集団軍（一九三七年第一次国共合作で国民党軍に編入された八路軍、一九四七年消滅）所属の部隊は、現地にとどまって命令を待つべし」との命令を出す一方、その他の国民党軍に対しては、「戦闘への努力を強め、既定の軍事計画と命令に従って積極的に前進せよ」という命令を発した。

八月十二日には共産党軍は日本軍の司令官に「共産党軍に投降せよ」との命令を出し、あわせて全共産軍に「東北（満州）に侵入したソ連軍と呼応し、東北、華北一帯を占拠するよう」と再度命令した。そして八月十三日には、毛沢東は延安の幹部会議で「抗日戦争勝利後の時局とわれわれの方針」とする演説を行ない、「蔣介石は右手と左手に刀を持ち中国人民を強迫している。われわれは自衛のため、解放区の人民の生命、財産、権利、及び幸福を守るために武器を手にして立ち上がる」、公然と国民政府を敵と決めつけた。本格的な国共内戦の始まりを告げる演説でもあった。

また、八月十四日には蔣介石の国民政府は、実質的に満州を支配下に置いてない現状から急遽ソ連と「中ソ友好同盟」を結び、すでに大量の軍隊を送り込んだソ連進駐軍を認める代わりに、共産党軍に近い東北民主軍は、ソ連軍の勧告により瀋陽（奉天）・長春（新京）から撤退させられた。

満州の日本人がソ連、東北民主軍、共産党軍、国民政府軍の四者によって支配され、翻弄される悲劇は、日本の敗戦直後から始まったのである。国共内戦終結を目指して、アメリカは両者の調停を何度も試み、幾度となく停戦協定が成立し、「一切の敵対行為、交通線の破壊及び軍隊の移動を停止する」ことを約束したが、双方は完全遵守することなく、一九四九年十月の中華人民共和国成立まで国共内戦は四年間続いたのである。

7　日本難民の送還に関する中国側の協定内容

日本の捕虜及び居留民を送還させるため、米国の調停により、中国共産党周恩来と国民党代表張群は軍事三者会議を一九四六年一月設立することで合意し、「安東の日本人居留民七万五千人を除いて、東北の日本人俘虜はすべて葫蘆島《ころとう》港から送還する」ことを決め、七月一日付で次のような協定書に米国、国民政府、東北民主連合軍の三者は調印した。

一、日本人送還の安全と福利を保証するため、政府側と中共側は以下の項目について同意した。

①送還期間及び日本人の経路にあたる前線において、中共側と政府側（国民党）は軍事衝突を停止する。

②双方は送還中は相手側に対し兵を進めるなど如何なる不利益行為を行なわない。送還にあた

り目的地およびその周辺地で、新たな障害物の構築、道路の工事や陣地の構築をしてはならない。更に送還条約履行のための設備（車両、船舶など）を軍事利用してはならない。

③日本人が出発して葫蘆島港で乗船するまでの間、その途中で強姦、略奪、銃で脅すこと、物品を巻きあげること、恐喝その他如何なる不法行為、その他生命および財産に不利益をおよぼすことをしてはならない。日本人の送還経路にあたっては当地の指揮官がこれを保障し違反するものは厳罰に処すこと。

④双方は如何なる争いごとがあっても、日本人送還の妨害や遅滞を起こしてはならない。（中略）送還事務の争いごとが発生した場合は協同して処理にあたる。

更に、双方が負うべき責任として主な項目は次のとおり。

二．中共側が負うべき責任

①輸送車両は無蓋車、窓がない車両（貨車）でも構わない。もし平板の車両を使用する場合は、高さ三尺の木の板を打ち付けること。各車両には七〇人以上乗せてはいけない。

②下車してから（松花江）川岸までの道路を補修改善し、老人や子どもおよび重い携帯品を持つ日本人に利便を図るようにすること。

③充分な配給が出来る準備をし、日本人が食料を購入出来るようにすること。

④鉄道路線の責任範囲は、チチハル、ジャムス、牡丹江、松花江の日本人はハルピン経由、（中

略）通化の日本人は梅河口まで輸送、安東の日本人は本渓湖まで輸送。

⑤病院船に乗船する日本人の総数は、各地区毎に分類し、付き添いの人員を含めて駐ハルピン米国連絡官に通知すること。

⑥中共地区から輸送する日本人の員数およびその区域を毎日、米国連絡官に通知すること。

⑦葫蘆島港に病院船が入港する前に病人を送り込んではならない。

⑧病人が乗車する車両は窓があり、比較的良好な車両とし、一人の病人に付添い一人をつけても構わない。

三．政府側（国民党）が負うべき責任

①松花江および拉法に事務所を設置し、送還業務の監督業務を行なう。（中略）

②経験ある渡航管理者を派遣し、（松花江）渡航に過誤のないように完璧にしなければならない。

③（コロ島港）へ日本人を送り込むため、錦州港区に必要な燃料を確保するため、政府側は松花江以南あるいは長春で準備する。

④政府側は駐ハルピン米国連絡官を通して中共側に送還経費を下記のとおり支払う。

(1)日本人輸送費：東北流通券五千万元

(2)送還行政費：東北流通券一千万元

一九四六年七月一日

ソ連軍進駐の目的は工場の諸施設を根こそぎ本国へ持ち去ることだったことから、屋根つき貨物車は殆んど満州各地から姿を消していたのである。そのため、非人道的な「輸送車両は無蓋車、窓がない車両（貨車）でも構わない」と、あえて協定書に盛り込み現実処理をしたのである。そして「もし平板の車両を使用する場合は、高さ三尺の木の板を打ち付けること。各車両には七〇人以上乗せてはいけない」の文言は、雨風を凌ぐ方法は着衣しかなく、トイレ設置など毛頭なく、人間をモノとして取り扱い、列車走行中にモノが落ちないよう三尺の板を打ちつけると運行規定をしている。高さ三尺の板さえない貨車も多く、引揚日本人難民は平板の無蓋貨車の四角に木の棒を立てロープを渡して貨車から落ちないようにしていた、と母を含め多くの満州引揚者が語っている。満州引揚者の忘れ得ぬ惨めな共通体験であった。

引揚者の短歌三首（「歌集ともしび」より抜粋、大野城市　近藤己未）

枠のなきフラットの貨車に夜も昼も　幼子抱きて来にけり
日本軍の馬が寝しとふ馬小屋の　筵一枚が四人の寝床
夢に見し博多の土を踏める今　何故虚し何故淋し

（『戦後五十年　引揚を憶う』引揚港・博多港を考える集い）

8　日本人捕虜および居留民送還に関する連合命令

現在の中華人民共和国の学術書にも当時の国共両軍が合意した命令書が公表されている。それには、日本人難民に関して支援・救援をするよう記されている。

（前略）

①送還日本人の鉄道車両費を免除する以外は、その一切の費用は自己負担とする。鉄道駅の収容所は日本人俘虜が買い物が出来るよう便宜を図る。但し、特に食料もお金もない困窮日本人に対しては、当地の民会を動員して相互扶助させる。もしそれも困難なときは、旅程日数に合わせて一人当たり一日一斤半の穀物と十五元の副食費を支給すること。その所要金については日本人送還が終了後、十月上旬までに省の財政庁で支払う。

②各鉄道輸送駅と収容所は水を用意し日本人に提供する。

③各地の政府は日本人の生命、財産および安全確保の責務を負う。送還日本人の列車が各駅に停車中に、一般大衆および非番の軍人警察官が近づくことを厳重に禁止する。好ましくない事件が発生した場合は、地方政府および駐留軍が完全に責任を負う。

一九四六年八月二十七日

（以上、日本人送還に関する協定書及び命令書は『遼寧社会科学院編　葫蘆島百万日僑大遣返』による）

このように一〇〇万人以上の日本人難民が中国東北地区（旧満州）に留め置かれていることに国民政府や解放軍と協力関係にあった東北民主連合軍としても看過出来なくなったこと、ソ連軍が日本の旧満州国財産を押収撤去する作業が終焉を迎えたこと、更には米国を中心とする連合軍が満州の実態をようやく把握できるようになり人道上放置できなくなったことが重なり、米国による国共両軍に対する仲介が軌道に乗り日本人送還が動きだしたと言える。一九四六年一月の交渉開始から半年後の七月から十月にかけての僅か四ヶ月間での大送還であった。

また、国共両軍の軍事的側面からみると、米国に支援された蔣介石の国民政府軍が青島や、渤海湾に面する天津、秦皇島、葫蘆島に近代装備の精鋭軍を送り込み、そこを基点に瀋陽から長春に至る鉄道沿線を一時的に制圧したことと、ソ連軍が満州の重工業を根こそぎ略奪し終えたことで撤退したことにより、旧満州地区で活発に動いていた共産軍・東北民主軍との軍事的な拮抗が生んだ奇跡の四ヶ月とも言える。

しかしながら、安東から瀋陽に至る鉄道の沿線は、国共両軍が対峙し、鉄道や橋を破壊する等接近戦を展開し、陣取り合戦による一進一退が繰り広げられていた。このことが安東の日本人が旧満州からの帰国待機を余儀なくされ、七万余人が九月末になってやっと帰国を許された原因だった。特に行政の中心である瀋陽近辺と交通の要衝でもあった錦州付近では激戦が続いていたことは、私が見学した「遼沈（遼瀋）戦役記念館」で確認出来た。そこの展示資料は一九四五年八月から一九四七年二月までの国共両軍の激しい攻防戦を詳しく記していて、逆に抗日戦争のことはまったく展示してなく意外な気持ちになったことも事実である。日本人難民はやっと乗車した無蓋貨物列車が動きだしても、鉄道線路が爆破されていると難民は列車から降り、徒歩を余儀なくされた。停戦協定があっても突然破られ、仕方なく両軍兵士がいない山間部に逃げ道を探して彷徨い、やっと辿りついた集落では金品を巻き上げられたこともしばしばで、抵抗する術のない日本人難民の引揚行路は、引揚船に乗り込むまで苦難が続いた。

中国側の学術書でもある『遼寧社会科学院編　葫蘆島百万日僑大遣返』に、「中国人は戦争の終末期には生活物資は逼迫し、日本に強制労働に駆り出され、強制的に農産品を納めさせられ、中国人と満州国は対峙し、日本人に対する反感は益々高まった事は事実であるが、戦争終結の要因とはならなかった。そのなか、一挙に共産革命が勃発し、あるものは日本人民に対し報復行為を行う事情もあった」と日本人避難民へ不当行為を暗に認めている。だがしかし「各地の中国人民達は日本人の悲惨な状況に同情し、危難を救い、安全を守り、またある者は自主的に生活を援助する幾多の例があった」

とも記している。
この点については多くの日本人引揚者が肯定していることもまた事実である。

9　葫蘆島市の遣送記念碑

私が引揚行路を辿った二〇一五年十月三日、葫蘆島港を見渡せる小高い丘の上に立った。そこから眺めると、埋め立てにより当時の埠頭はなくなって、広大な造船所の敷地となっており、引揚船が着岸した埠頭は想像するしかない。丘の最上部には〝張学良開港記念碑〟があり（写真77）、埠頭方向と引揚港の博多方向の水平線を暫らく眺めた。引揚行路を辿る旅で、山歩きを余儀なくされた下馬塘駅の温度が五度だったが、ここでは摂氏二〇度を超えていた。七十年前はどうだったのだろうか。難行苦行の末葫蘆島にたどり着いた引揚者は、帰還船に乗り日本の土を踏むまで気を緩めることは出来なかったのだと思った。また、この丘には〝日本僑俘遣返之地〟と大きく記された記念碑があった。これは二〇一四年十月に建立されたもので、葫蘆島市の文化財となっていた。記念碑には中国語だけでなく、日本人観光客を念頭においてか、日本語で次のような碑文が刻まれていた（写真78）。

「一九四五年八月十五日、日本政府は無条件降伏を宣言して、中国人民抗日戦争は全面的な勝利を

写真77　葫蘆島港開港記念碑
＝2015年10月4日

写真78　「日本僑俘遣返之地」の石碑

収めた。当時、中国在留の日本居留民と日本捕虜は三百九十四万人である。そのうち東北地区にいる日本居留民と捕虜は百四十五万人である。一九四五年九月〈ポツダム宣言〉の精神に基づいて、米国、ソビエト、中国共産党、国民党三国四方が日本居留民と捕虜送還について協議を行い、原則的にすべての在中国日本居留民と捕虜を組織的に日本へ送還する。翌年の四月に送還が開始し、東北各地に在留する日本居留民と捕虜が次々に葫蘆島港に集中し、ここから乗船して帰国の一歩が始まった。かつて日本侵略者に虐殺、略奪された中国人民は徳をもって恨みに報い、送還された日本居留民と捕虜に人力、物力、財力上で私心のない協力を払った。特に葫蘆島人民は送還事業が順

写真 79　旧葫蘆島港埠頭方向を望む

写真 80　葫蘆島港旧埠頭への鉄道

調に進行と完成に巨大な努力を払った。一九四六年五月七日より一九四八年九月二十日まで日本居留民と捕虜を一、〇五一、〇四七人送還した。歴史はここで日本の中国侵略の失敗、終止符を打った。ここでも中国人民の寛容と善良は人道主義の豈碑を立てた。多くの日本居留民と捕虜は葫蘆島再生の地と見なす。六十年が過ぎ、その時の罪悪な戦争が中日両国人民が蒙った罪は警鐘になった。前のことは忘れず、後世の師とする。歴史を鑑として未来に目を向ける。歴史と悲劇の再演を許さない。衷心より、中日友好が世世代代に続くことを期待する。

葫蘆島市人民政府　二〇〇六年六月」（原文のまま掲載）

どこかぎこちない記念碑の日本語翻訳だが非常に抑制的に過去を振り返り、中国側の未来志向の気持ちが伝わってくる（写真79・80）。

第15章　改めて父母の人生を想う

1　引揚者受け入れの博多港

私の家族の場合、遅くとも九月下旬に安東を出発しているのに、途中で鉄道線路が爆破されたことにより、輸送貨車から降ろされ、山中を彷徨い、その上中国大陸の出発の港である葫蘆島で引揚船が出航停止となったため、収容所から動くことも出来なかった。それが錦県→錦州→奉天の各収容所に次々と逆連鎖し、引揚げの足どめを喰ったことは多くの証言で明らかである。博多港上陸はほぼ一ヶ月後の十月二十九日だった。旧満州からの引揚げは、出発してから日本に上陸するまで一ヶ月以上が殆んどで、二ヶ月経ってやっと博多や佐世保の土を踏んだ人も少なくない。引揚体験談を読むと、懐かしい祖国の緑豊かな山々を目にして、声をあげて泣く人もいたことも事実だろう。しかし、そうではなく、「船が日本に近づき、初めて日本の山が見えたら、おそらく私は声をあげて泣くだろうと思っていました。それがどうしたことか、なんの感動もなく、ただ茫然と眺めていました。激しい緊張と興奮の連続が、私の感性を麻痺させてしまったのでしょうか。いよいよ下船命令がでました。船中での食糧の分が減って軽くなったはずの荷物なのに、祐子をしばりリュックを背負うと、重くてどうしても立ちあがれませんでした。『故郷はまだ遠いんだ、しっかりしなくちゃ』と自分で自分を励ましたが、どんなに力んでみても立ちあがることができませんでした」（安居とも子著『ひとすじに星は流れて』）

幼い子供三人をかかえた私達の母親はこの心境ではなかったかと想像する。

博多港が引揚港に指定された理由は、地理的条件に適し、軍需品の積出港であったことや、港湾施設の被害が少なく、加えて機雷掃海が早期に完了したことによる。博多港の税関業務は正式には一九四五年（昭和二十年）十月二十一日だが、実質的には終戦と同時に始まった。朝鮮南部からの闇船を雇って、どっと博多港や其の周辺に辿りついたからである。税関職員は僅か二十名程度で、検査の状況は米軍の兵士が検問するのを立ち会うというもので、検問は迅速に行なわれた。しかし、海外から持ち帰った現金の超過分や預金通帳、証券類の保管業務は、すべて日本人税関職員が担当し、保管証を発行した。その保管件数は約一二〇万件にもおよび、一九五三年九月から保管証券類の返還が開始されたが、今も未返還分が横浜税関等で保管され引取り手を待っていると言う。引揚港である博多港で母が押収された満州国債は、所定の手続をとった二〇〇七年に横浜税関より確かに返還された。

また、博多港検疫所検疫官は次のような体験記録を残している。

「北朝鮮、北部満州よりの引揚げの方は戦前の乞食の様に着ている服装は永い旅路の末、風呂には入らず服はやぶれよごれた体もあかでいっぱい、体臭がはなはだくさい人もずいぶんいました。北部満州よりの若い女性はかわいそうでした。頭髪は短く切り男みたいな様子でした。上海よりの引揚げの方は服装も立派で、月とスッポンのひらきがあり引揚げの方には非常に気の毒でした。六月だったと思いますが、引揚船にコレラ患者、保菌者が発生し入港する船は全船、能古島東岸沖に停泊し、入港時検便を行い数日停泊させて、その結果異常なければ入港し岸壁に横付けされ、上陸を許可され陸上検疫を終えて各地へ帰っていきました。私達（一班男子一名女子四人合計五人）は朝九時～夜九時まで小さい船をチャーターして検疫いたしました。リバティ型になりますと三千人から四千人乗船しているので、五人での検疫は大変でした。私達が目的の船に行きますと何時も待っているのは引揚者の人と不運にも日本上陸を目前にして亡くなられた遺体が待っていました。別に遺体収容班がありましたが、多いので全遺体を収容できず、残った分私達が検疫終了後、船に積んで帰りました。小さい子は木箱に大人は毛布数枚に包んであり、持ち帰りました。かわいそうです。引揚船に乗ると船員、引揚者は出迎えてくれましたが、各地の消息、戦災害の事はをたずねられお答えが大変でした」

（厚生省博多検疫所勤務　福岡市　大塚政治）

福岡市は一九四五年（昭和二十年）六月十九日の空襲で、市街は七割が火の海となり、死者・行方不明一、二四六人、重軽傷者が一、〇七六人、約六万人が家を失った（福岡市史『戦災状況』から昭和二十一年四月調べ）。市街地は瓦礫の焼野原と化した。また、市内の主な交通機関である市内電車線も大半を破壊され、交通機能を失う状態であった。そして博多駅（現博多駅は三〇〇メートル《メートル》南側）から海岸方向を見ると、係留岸壁の船溜まりが見渡せたと言う。港湾施設の被害は軽微であったが、都市機能が壊滅状態になった福岡市内には、収容の建物などおよびもつかない。連合国の管轄下のあった葫蘆島港を出発地とした引揚船の博多港初入港は、終戦から七ヶ月後の一九四六年（昭和二十一年）五月十五日だったが、引揚者の一時収容施設は不足し、引揚援護局は寺院や民間施設、病院への協力をよびかけた。

〝温い心で海外同胞を迎へませう〟

（昭和二十一年三月博多引揚援護局）

「遠い異郷の地で敗戦の悲哀に臨み、故国の姿を案じつつ帰る海外同胞は毎日一萬余人陸続として博多に上陸しています。私共は激動の世に処して一身一家のことだけでても多忙ですが、せめて温かい心で、体一つで引揚げてきた同胞の不幸を慰め、乏しきものも分けあって、再起のお力添へを致しませう」

戦災を免れた法性寺（千代栄町）や万行寺（下祇園町）、聖福寺（御供所町）など、市内の十五の寺院や港湾の倉庫が、引揚者が故郷へ帰る前の一時収容所となった。

一九四七年（昭和二十二年）四月、厚生省引揚援護局が閉鎖されるまでの博多港の引揚者数は、一三九万二、四二九名でわが国の引揚者総数六六〇万名の二〇％を占め、日本一の引揚港だった。その埠頭には一九九六年（平成八年）三月、久留米市出身の彫刻家・豊福知徳氏制作のモニュメント博多港引揚記念碑「那の津往還」が建設された。博多港引揚者を中心とする市民運動が一九九二年に始まって四年後のことで、戦後五十年も経ってのことであった。そこには、「かつて博多港が国内最大の引揚港として果たした役割を忘れることなく、アジア太平洋の多くの人々に多大な苦痛を与えた戦争という歴史の教訓に学び、この悲惨な体験を二度と繰り返さないよう、次の世代に語りつぎ、永久平和を願ってこの記念碑を建設するものである」と記されている（写真81）。

写真81　博多港引揚げ記念碑

また、忘れてならないのは戦時中、強制連行で連れてこられた中国人や朝鮮人を中心とした日本在留外国人の祖国送還業務である。終戦直後の九月五日から始まり、博多港駅には毎日関東、関西、名古屋、筑豊から約二千名から三千名が着き、博多埠頭の十数棟の倉庫は一万人以上の人と荷物であふれ、援護局はてんてこまいであった。博多港から本国へ送出した外国人は、五〇万余名にのぼる。

2 博多から北海道へ、そして再び博多

私（当時三歳）は母・君子（当時二十九歳）の手一つで、兄・直保（当時五歳）、妹・和子（当時一歳）とともに一九四六年十月二十九日、博多港に上陸したが、博多湾内に一週間ほど停泊した後の上陸であった。当時、引揚者の間でコレラ患者が多数でていたことから、先ず船内で検便を受け、異常がないことが確認された一週間後に上陸が許された。

上陸すると先ず「検疫所」で頭から全身にＤＤＴの消毒を受け、コレラ予防接種も受けた。私達が上陸した十月に、一四万七千人全員がコレラ予防接種を受けた検疫記録が残っている。ついで、米軍による「検問」で、日本人税関員の立会いの下、持込みが禁止されていた外貨、外債や現金・小切手等の所持品検査である。

母はこの検問で、満州国債や郵便貯金証書等を没収された。一人当たり千円の両替を済ませると、やっと引揚証明書や被服、鉄道乗車券の「交付」であった。母の記憶では、博多埠頭の倉庫（松原寮）で幾日が過ごした後、すぐ傍にある「箱崎松原駅」から引揚列車に乗車し、北海道の札幌に向かった。引揚者を故郷に効率よく帰郷させるため、九州管内は博多駅から、本州方面は博多埠頭にあった箱崎松原駅から乗車させたのである。私の家族は札幌の伯父宅で幾日か世話になった後、更に北上し滝川市の父の姉夫婦が住む家に辿り着いた。その家は日本人造石油の社宅であった。そこには叔母の家族五人が住んでいたが、私達家族四人を温かく受け入れてくれた。四畳半一部屋であったが、そこで三年余生活することになった。当時の滝川は冬は雪深く、地震も多かった記憶がある。そして、食糧事情も芳しくなく、小麦粉で作った蒸しパンの食事が多く、お米はお粥で食べる程度で、南瓜やトウモロコシが主食代わりになることもあり、納豆や豆腐・油揚げは母が作り、自宅で食べる以外に多く作っては、兄と一緒に近所に配達して母からお駄賃を貰っていたことも思い出として残っている。

母の両親と血のつながる実姉と実兄の家族は終戦当時、朝鮮の京城（現＝ソウル）に居住していたため、戦後の混乱で連絡が取れずにいた。昭和二十四年の十二月になってやっと母の両親の所在が判り、満州引揚げ上陸地の博多に三年ぶりに舞い戻った。昭和十五年に結婚して満州に渡った母は、約十年ぶりに親子の再会を果たした。

私達は頼るべき親戚がいたが、そうでない人達も数多く博多港に引揚げてきた。外地に骨を埋める心算《しんさん》で早くから大陸に渡航していた人々や、外地で生まれ育ち生活の基盤をすっかり外地に据えた人々にとっては、引揚げは未知の国への不安の旅であり、途方にくれる移動でしかなかった。頼るべき親戚や知人を持たない人々にとっては、やむを得ず上陸した博多は何となく住みついたというのが現実で、博多の街の名刹聖福寺の荒れた境内には急造のバラック建ての引揚者収容所に労働とは縁のなかったような初老の人々が、当時のままの汚れた払い下げの軍服を着て、侘しく住みついていたのを博多の人々は目にした。本土に基盤のある人々には判りにくい、もう一つの引揚げであった。

私達家族が国鉄滝川駅を出発して、博多駅に降り立ったのは昭和二十四年の十二月末ではあったが、当時六歳の私にとって、長旅を忘れさせるほどの南国の印象が強く、春のような気候という記憶が強く残っている。北海道の滝川の家を出発する時は雪が舞う寒い日で、僅かの家財道具と衣類、それにおにぎりをリュックに詰め、馬橇《ばそり》に乗って滝川駅に向かった。列車は函館から青函連絡船そして青森から再び列車で東京へ向かい、横浜の親類宅で休んだあと博多へという長い列車旅であった。長旅で辿りついた博多の街は明るく、空も青く澄み、北海道の滝川と比較すると、太陽がキラキラして眩しかった。住まいは法性寺と塀一つで接する福岡市千代栄町で、石堂川（現・御笠川）がすぐ傍を流れ、博多山笠でいうなら千代流れの町内で、川を挟んで対岸には博多の名刹聖福寺の住職を務めた江戸時代の禅僧〝仙厓和尚〟が住んだ幻住庵の杜が見渡せた。

明けて一九五〇年（昭和二十五年）四月、私は聖福寺境内にある御供所小学校に入学した。戦災で校舎が不足し、一学期は二部授業であったが、学校給食も始まっていた。当時の御供所小学校区は博多商人の街で、友達の多くは商店を営む親のもとで比較的裕福な生活をしているように私の眼には映った。食糧や生活物資が不足し何でも配給制だった北海道に比べ、九州は何とモノが豊かなんだろうと子供ながら感じた。この時が自分にとってやっと平和が訪れた時かもしれない。

3　母の背中が教えたもの

しかし、母はそうではなかった。三人の子ども達を育て上げねばならい。結婚前に洋裁学校「杉野ドレスメーカー」に学び、手に技術を持っていたのでミシンを踏んで近所の人のブラウスやスカートなど縫ったり、実姉から譲り受けたお菓子の仲卸をしたり、一日中休む暇はなかった。子供ながら満州引揚げのことを切り出すと、「忘れた！」の一言ではねつけ、その苦労話はあえて避け、胸の内を全て明かすことはなかった（写真82）。

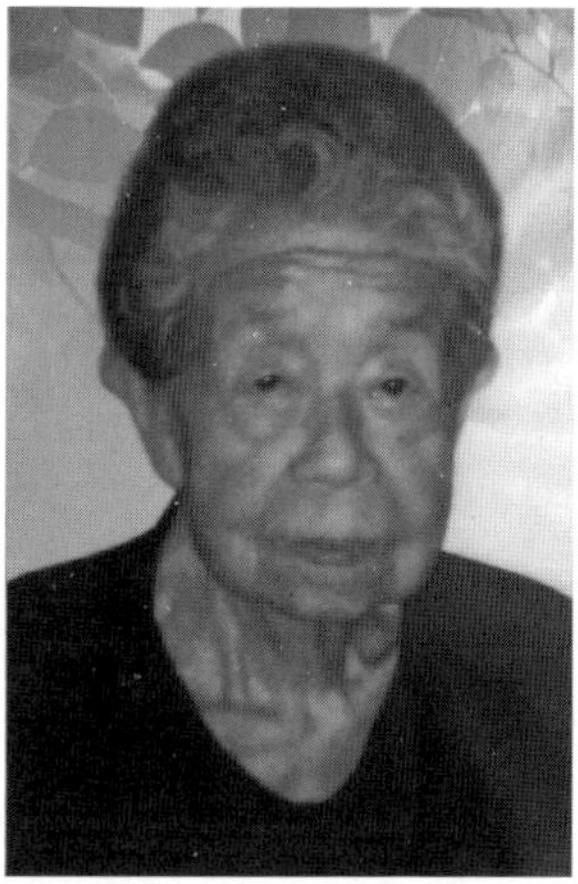

写真82　母・君子90歳

夫の無事帰還を信じて生きることが、残された家族の生活を守るために必要だったのだ。また、間組の上司であり、同じ部隊にいて奇跡的に生還した水野健三さんは、父の部隊の全滅を目のあたりにしていながら、母が一縷の望みを抱いている限り、詳細を語らず、死亡宣告を受け入れた後にやっと目撃した事実を話してくれた。この思いやりのお蔭で、母は弱音を吐いたり涙を流すこともなく、自分の不遇を愚痴ることもなかった。「満州」とか「安東」という地名が自分の胸の中に残るだけで、他人はその実態を知ることなく、歴史の中に埋没、風化していくのを実感していたに違いない。子供たちのためにわが身一人、力の限り働いて「生きる」ことを示していた。

兄も私も中学生の時から大工さんの下働きや建築現場の作業などアルバイトに出ていた。中でも当時呉服町にあった博多大丸の催事会場つくりは閉店後の作業だったので、家に帰り着くのは深夜になることが多かった。その頃、中学生の新聞配達が多かったことから、子供でも生活のために働く事に抵抗がなかったように思う。

もの心ついてからの母の背中は「依頼心を捨てよ」「人を羨むな」と語っているようだった。兄・直保は高校を卒業すると生命保険会社に就職し家計を助けた。妹・和子は「手に職をもつことが何より大切」との母親の教えに従い、和裁師の道に進み福岡市内の有名デパートから注文を受ける等、終生の仕事として全うした。私はと言えば、父方の祖父が、「孫の一人ぐらいは大学に進学してほしい」と願っていたことを知っていた母は、私の大学進学を後押ししてくれた。高校は授業料免除の私立高校（東福岡高校）に進学し、幸い一九六二年（昭和三十七年）、特別奨学金（月額は四千五百円で年間授業料の半期分に相当）を貰えることを確定した上で、九州大学に入学することが出来た。
そして、母の口癖は、「私より先に死なないでね」であった。終戦後の満州・安東での食べるものにもこと欠いた生活、毎日が死と直面した引揚げの逃避行でも三人の子どもを無事日本に連れて帰り、育てた労苦があったことからこそのつぶやきであったと思う。

4　回　想

父は十年にわたり満州国のインフラ整備にあたる鉄道、道路、ダム等の工事に携り、最も脂の乗り切った三十四歳の時、職場から引き剝がされるように戦場に連れて行かれた。僅か三ヶ月後に人生の幕を閉じることになるとは思いもしなかっただろう。八月十三日未明、ソ連軍が大砲や重火器で総攻撃をかけ戦車を先頭に守備陣地に迫ってきた時、死を覚悟し何を思っただろうか。やはり家族のことを思い浮かべたに違いない。

ひとりの人間の足跡を辿ることは史実を一つひとつ解き証し、歴史の因果関係を辿ることでもあった。昭和の最大の事件は太平洋戦争であるが、その原因は日本が大陸進出の野望を抱き、日清戦争を起したことまで遡らざるを得なかった。そこから戦争のうねりが五十年にわたって幾重にも重なりながら日本国民を呑みこんでいったのであった。祖父・常吉（一八八一年〜一九五九年）の七八年の生涯は、五〇年間も戦争の時代であった。終戦前に自分の息子の無事帰還を願って北海道から四国の〝こんぴらさん〟（香川県、金刀比羅神宮）に夫婦で参拝した写真が残されている。しかし、願いが叶うことはなかった。太平洋戦争だけで日本は軍人、民間人併せて三一二万人が犠牲になったと推計されている。わが家だけでみると。父の両親と姉そして我が家四人の合わせて七人が戦争の遺家族となった。海外からの引揚げを余儀なくされた者は満州の一一〇万人を含め総数六六〇万人を超える。日本人で戦争の直接間接の被害を受けなかった者は殆んどいない。しかも海外、特に満州引揚者にとって、八月十五日は「やっと戦争が終わってホッとした」という「終戦」ではまったくなく、その日から「敗戦」の惨めさだけでなく、生命の危険に曝されるいわゆる戦争状態が継続し、祖国の地を踏むまで一年以上も苦難の毎日を送ることを余儀なくされた。

敗戦後の日本人難民対策にあたった満蒙同胞援護会の資料によれば、敗戦後の在満日本人死亡者は、一九四五年から四十六年を中心に約十九万人に達し、その後の死者と行方不明者は三万人と推定されるとしている、日本がポツダム宣言を受諾した後に、満州では二十一、二万人の非戦闘員が死んだと言える。

また、満州を日本の食料基地として位置づけ、そこに農民を送り込むため、満州拓殖公社という国策会社を作り、政府が都道府県そして市町村の行政組織を通じて小さな部落単位にまで触手を伸ばし、満蒙開拓団農家の戸数をわりあてた。住んでいる村を「母村」とし満州の新しい村を「分村」として、開拓団の名称も「〇〇村開拓団」とした。土地を離れても日本と満州は繋がっていると思わせる小細工である。農村の地主や在郷軍人会などの有力者が「満州に行けば十町歩から二十町歩の農地が自分のものになる」との甘言《かんげん》で誘い、それに応じない者には「国策に従わない者は非国民」と脅すこともあった。満蒙開拓団として見知らぬ満州へ渡ると、匪賊《ひぞく》対策として武器を持った〝武装〟農民としての性格も強く実感するようになる。そして極めつけは、関東軍が南方戦線に配置転換されると、根こそぎ動員により〝兵士〟となって手薄になった国境守備につくことになった。政府の思惑通りの駒の動きである。その結果、残された老人と婦女子は悲惨な逃避行となり、日本に恨みを持った土着民襲撃や集団自決で命を落とした。

軍人のみならず一般国民を国策と称して満州に送り込み、戦争遂行のため労働力は言うまでもなく、財産そしてたった一つしかない尊い命まで供出させ、挙句の果て満州在留邦人を見棄てた責任は重い。政府指導者や自国民を守るべき軍人が、一般市民を盾の如く使って命の危険に曝し無駄な死を甘んじさせ、自らは逸早く逃げ出してしまった事実に目を背けてはならない。また、親戚旧友を頼って博多港に帰国した引揚者に対し「戦時中内地にあった人々も自分たちの生活を支えて行くのが精一杯だ、甘えてはいけない」といった意見が新聞紙上にあったことに、「われわれ引揚者は大多数のものは全財産を失い肉親を失った。衣食住の保障される地道な生活を心から欲している。同じ精一杯の生活にも程度の差があることを知って欲しい。自分の背負っただけの荷物が自己の唯一の財産であり、人間本来の絶対的な無一物の境地を理解してほしい」（昭和二十一年十月二十三日　西日本新聞　福岡県三井郡　岡国臣）と切実に訴えている。戦後七〇年も経つと、人間を極限まで追い詰める戦争の本質と悲惨さを知る日本人が少数となってきているが、決して遠い昔のことではない。

満州に消えた父の姿を追い、当時の軍や政府の実態や安東市民の戦後一年余の状況をある程度は把握できたが、安東《あんとう》から葫蘆《コロ》島まで母と共にした約五〇〇キロの苦難の引揚行を自分の脚で確かめ、現地で記憶の空白部分をしっかりと埋めたいとの思いが強くなり、再度安東を訪問した。より戦争の悲惨さを再体験することになった。

戦争の傷跡は七〇年以上経っても消え去ることはない。

【参考文献】

◎新聞社関係

「大阪毎日満州版」一九三七年〜一九四四年
「毎日新聞」一九四五年〜一九四六年
「朝日新聞外地版」一九三五年〜一九四五年
「朝日新聞」一九四五年〜一九四六年
「西日本新聞」一九四五年〜一九四六年
「夕刊フクニチ新聞」一九四五年〜一九四六年
「日刊工業新聞」一九九五年　六月〜七月
『福岡大空襲』西日本新聞社　一九七四年
岩崎爾郎『物価の世相１００年』読売新聞社　一九八二年
久山忍『戦艦大和最後の証言』産経新聞出版　二〇一〇年
読売新聞昭和時代プロジェクト『昭和時代　戦前・戦中期』中央公論新社　二〇一四年
戸部良一『自壊の病理　―日本陸軍の組織分析』日本経済新聞出版社　二〇一七年

◎官公庁出版物・会社百年史関係

「中国の概要（東北編）」厚生省所蔵
「遠謀」（一二四師団史）厚生省所蔵

『引揚援護の記録（正）1』引揚援護庁長官官房総務課記録係編　引揚援護庁　一九五〇年
『引揚援護の記録　続』引揚援護庁長官官房総務課記録係編　厚生省　一九五五年
『引揚援護の記録　続々』引揚援護庁長官官房総務課記録係編　厚生省　一九六三年
『戦史叢書　関東軍〈2〉関特演・終戦時の対ソ戦』防衛庁防衛研修所戦史室編　朝雲出版社　一九七四年
『戦史叢書　大本営陸軍部〈9〉昭和二十年一月まで』防衛庁防衛研修所戦史室編　朝雲出版社　一九七五年
『西松建設創業百年史』西松建設　一九七八年
『関釜連絡船史』日本国有鉄道広島鉄道管理局　一九七九年
『間組百年史』（一八八九〜一九四五）株式会社間組　一九八九年
『間組百年史』（一九四五〜一九八九）株式会社間組　一九八九年

◎満州国・満鉄・関東軍関係

高碕達之助『満州の終焉』実業之日本社　一九五三年
「満蒙通信」財団法人満蒙同胞援護会　一九六一年
安居儔子『ひとすじに星は流れて　満州引揚げの母の手記』一九七二年
後藤蔵人『満州　―修羅の群れ　満蒙開拓団難民の記録』一九七三年
斉藤満男『私の満州物語』白凰社　一九七五年
藤原作弥『満州、少国民の戦記』新潮社　一九八四年
『満州分省地図』国際地学協会編　図書刊行会　一九八五年
野々村一雄『回想　満鉄調査部』勁草書房　一九八六年

廣田鋼蔵『満鉄の終焉とその後　ある中央試験所員の報告』青玄社　一九九〇年
大津山直武『落日の満州抑留記　敗戦・強制労働・引揚げ秘話』東京経済　一九九三年
『満州国と関東軍』新人物往来社戦史室編　新人物往来社　一九九四
榑沢仁『満州・荒野の旅　―少年の記録』創樹社　一九九四年
『満鉄調査部』井村哲郎編　アジア経済研究所　一九九六年
照井良彦『少年の曠野　〝満州〟で生きた日々』影書房　一九九七年
浜朝子・福渡千代『満州チャーズの悲劇餓鬼地獄を生き延びた家族の記録』明石書店　一九九六年
坂本龍彦『孫に語り伝える満州』岩波ジュニア新書　一九九八年
平井廣一「満州国　特別会計予算の一考察　1932~1941」北海道大学『経済学研究』48(3)　一九九九年
岡田和裕『満州安寧飯店』光人社NF文庫　二〇〇二年
寺田ふさ子『黄沙が舞う日　満州残留婦人、異国の五十年』河出書房新社　二〇〇二年
半藤一利『ソ連が満州に侵攻した夏』文藝春秋　二〇〇二年
広瀬貞三「満州国における水豊ダム建設」新潟国際情報大学情報文化部紀要　二〇〇三年
『満州国の最期』太平洋戦争研究会編　新人物往来社　二〇〇三年
『満州古写真帖　秘蔵写真で巡る悠久の大地、激動の足跡』新人物往来社　二〇〇四年
佐野眞一『【写説】満州』太平洋戦争研究会編　森山康平解説　二〇〇五年
『阿片王　満州の夜と霧』新潮社　二〇〇五年
『満州帝国　北辺に消えた〝王道楽土〟の全貌　歴史群像シリーズ84』学習研究社　二〇〇六年
『満鉄とは何だったのか』藤原書店編集部編　二〇〇六年

小林英夫『満鉄調査部の軌跡　1907～1945』藤原書店　二〇〇六年
小林英夫『〈満州〉の歴史』講談社　二〇〇八年
今井和也『中学生の満州敗戦日記』岩波ジュニア新書　二〇〇八年
水島吉隆『図説・満州帝国の戦跡』太平洋戦争研究会編　新人物往来社　二〇〇八年
『満州国とは何だったのか：日中共同研究』植民地文化学会・中国東北淪陥14年史総編室共編　小学館　二〇〇八年
『満州引揚哀史』本島進　慧文社　二〇〇九年
『満州・安東戦後物語　三股流の霧』池田昌之　文芸書房　二〇〇九年
『図説・写真で見る満州全史』太平洋戦争研究会編　新人物往来社　平塚柾緒著　二〇一〇年
ポール・邦昭・マルヤマ『満州　奇跡の脱出　一七〇万同胞を救うべく立ち上がった三人の男たち』高作自子訳　柏艪舎　二〇一一年
岡田和裕『満州辺境紀行』光人社NF文庫　二〇一四年
麻田雅文『満蒙　日露中の最前線』講談社　二〇一四年
井上卓也『満州難民　三八度線に阻まれた命』幻冬舎　二〇一五年
安東会機関誌「ありなれ」

◎**引揚げ関係**

『平和の礎　～海外引揚者が語り継ぐ労苦』第1巻～第19巻、追補　平和祈念事業特別基金編　一九九一～二〇一〇年
丸山邦雄『なぜコロ島を開いたか　在満邦人の引揚げ記録』永田書房　一九七〇年

『戦後五十年　引揚げを憶う　アジアの友好と平和を求めて』
引揚げ港・博多を考える集い編集委員会編　一九九五年
「あれから七十年　博多港引揚を考えるA」引揚げ港・博多を考える集い編　のぶ工房　二〇一一年
高杉志緒『日本に引揚げた人々　博多港引揚者援護者聞書』のぶ工房　二〇一一年
『あれから七十年　博多港引揚を考えるB』引揚げ港・博多を考える集い編　のぶ工房　二〇一七年

◎その他戦記物関係

「ジャーナル・オブ・グローバル・メディア・スタディーズ11」
駒澤大学グローバル・メディア・スタディーズ学部編　二〇一二年
小林桂三郎『戦火に生きた父母たち　中学生の聞き書き』太平出版社　一九七二年
鈴木正次『実録　大連回想』河出書房新社　一九八五年
『日本陸軍歩兵連隊』新人物往来社戦史室編　一九九一年
松浦喜一『昭和は遠く　生き残った特攻隊員の証言』径出版　一九九四年
小林千登勢『お星さまのレール』金の星社　一九九四年
『昭和天皇独白録　寺崎英成・御用掛日記』寺崎英成、マリコ・テラサキ・ミラー共著　文藝春秋　一九九五年
高松宮宣仁親王『高松宮日記　第八巻』中央公論社　一九九七年
「陸軍師団総覧」近現代史編纂会編　新人物往来社　二〇〇〇年
『戦時下標語集』大空社編集部　大空社　二〇〇〇年
武蔵正道『アジアの曙　死線を越えて』自由社　二〇〇〇年

『関東軍参謀部作成　総動員関係調査資料』十五年戦争極秘資料集　補巻13
永島勝介・安冨歩編　不二出版　二〇〇〇年
『決定版　20世紀年表』神田文人・小林英夫編　小学館　二〇〇一年
加藤恭子『昭和天皇　謝罪詔勅草稿の発見』文藝春秋　二〇〇三年
澤忠宏『関門海峡渡船史』梓書院　二〇〇四年
『心に残る　とっておきの話　第9集』潮文社編集部　二〇〇五年
読売新聞戦争責任検証委員会『検証　戦争責任Ⅰ』中央公論新社　二〇〇六年
読売新聞戦争責任検証委員会『検証　戦争責任Ⅱ』中央公論新社　二〇〇六年
大貫健一郎・渡辺考『特攻隊振武寮　証言・帰還兵は地獄を見た』講談社　二〇〇九年
白石仁章『諜報の天才　杉原千畝』新潮社　二〇一一年
加藤陽子『NHKさかのぼり日本史②　昭和　とめられなかった戦争』NHK出版　二〇一一年
『中国現代史地図集』武月星主編　中国地図出版社　二〇一三年
吉見直人『終戦史　なぜ決断できなかったのか』NHK出版　二〇一三年
笠原十九司『日中戦争全史〔下〕』高文研　二〇一七年
『帝国軍人の弁明　エリート軍人の自伝・回想録を読む』保阪正康　筑摩書房　二〇一七年

*年表

年月日	諸住家　間組	満州国	国内外
明治14（1881）年	4/28 祖父、常吉誕生		
明治22（1889）年	4月 九州門司に間組創立		2/11 大日本帝国憲法発布 近代立憲国家へ
明治24（1891）年	4/19 祖母、シズ誕生		
明治27（1894）年			日清戦争勃発
明治37（1904）年			2月 日露戦争勃発
明治38（1905）年		9/5 旅順に関東都督府設置へ	日露講和条約締結（ポーツマス）
明治39（1906）年		11月 南満州鉄道（満鉄）創立	4月 ソウル～新義州鉄道500キロ開通 後藤新平、満州鉄道初代総裁就任
明治41（1908）年			ハルピン駅で伊藤博文暗殺
明治43（1910）年			8月 日韓併合条約 韓国を完全植民地化
明治44（1911）年	10/9 父、茂夫誕生 10月 第一鴨緑江架橋竣工	1月 全満にペストが蔓延 10月 安奉線（261キロ）開通	
大正6（1917）年	2/28 母、君子誕生		
大正8（1919）年		関東都督府を関東庁に改組	陸軍部が独立して関東軍となる
大正9（1920）年	本店を東京に移転		
大正12（1923）年	9/1 関東大震災復興工事		9/1 関東大震災
昭和4（1929）年			10/24 世界恐慌開幕
昭和6（1931）年	9月 株式会社移行	9/18 柳条湖の満鉄線路爆破事件	満州事変勃発、15年戦争始まる

昭和7（1932）年	4月 青山本店	3/1 満州国建国宣言 3/15 首都を長春に定め新京と改称 7/25 協和会発会式 第一次満蒙開拓団（弥栄村） 9/15 日本は満州国承認	1月～3月 上海事変 3/1 清国最後の皇帝溥儀が就任（大同元年＝満州国の元号） 3月 リットン調査団結成 10/2 リットン調査団報告書公表
昭和8（1933）年		3/8 中国鉄道経営を満鉄に委託	日本国際連盟脱退
昭和9（1934）年	第一鴨緑江大橋橋桁回転中止	執政溥儀皇帝に即位	11/1 大連～長春（362キロ）アジア号
昭和10（1935）年	5月 茂夫、満州間組本社奉天	北満鉄路ソ連から譲渡	
昭和11（1936）年	1/6 茂夫、定額儲金購入百圓 間組、創業50年 11/27 鉄道疑獄事件小谷社長起訴	8月 満拓公社設立、移民推進計画	2・26事件、満州移民反対の高橋蔵相暗殺 準戦時財政の発足
昭和12（1937）年	8月 朝鮮水電・満州水電㈱設立 10月 水豊ダム着工 12月 朝鮮鉄道広軌改築工事請負	7/7 盧溝橋事件 鴨緑江発電建設、鮮満調印 11月 満州開拓青少年義勇軍計画 12月 満州国民法実施	物価暴騰の嵐、モノとカネの統制本格化 7/7 日支事変勃発
昭和13（1938）年	12/1 茂夫、安東出張所	2/26 満州国国家総動員法公布	2月 国民精神総動員運動 4/1 国家総動員法公布 3月 生活必需品の割当て配給制度始まる 12月 広田内閣、10年50万人満州送出計画
昭和14（1939）年	1/3 茂夫、鴨緑江長甸河口 3/15 水豊ダム堰堤打設開始 7/25 鉄道疑獄事件小谷社長無罪	満鉄付属地行政権満州国へ 2月 満州国、日独伊三国防共協定加盟 7月 安東市誕生	総動員法に基づき賃金統制令実施 5/11 ノモンハン事件勃発 9/15 ノモンハン停戦協定成立

昭和14（1939）年	11月 奉天満州営業所を満州支店	7月 安東防衛期成同盟発会式	12/21 日満開拓政策基本要綱決定発表
昭和15（1940）年	6月 茂夫と君子結婚 2/27 朝鮮鉄道局複線化工事	4/15 国兵法実施 4月 軍隊教育令公布 4月 国民体力法公布 5/3 開拓団法公布	9/27 日独伊三国同盟
昭和16（1941）年	茂夫、満州国債百円購入 4月 水豊ダム第1期竣工、初発電 7/11 茂夫、吉林出張所 8/25 水豊発電所1号機完成 8/30 水豊発電所2号機完成 10/26 長男直保誕生	3月 生活物資配給制始まる 7/28 英米資産凍結発表 8/25 満州側に送電開始 8/30 朝鮮側に送電開始 9月 第二次産業開発5ケ年計画 12月 治安維持法制定	4/13 日ソ中立条約調印 6/22 ナチスドイツソ連侵攻 6/27 大本営政府連絡会議　参謀本部 7/2 御前会議で南方進出方針決定 7月 関東軍特別演習動員令 12/8 太平洋戦争始まる
昭和17（1942）年		6月 生修学旅行廃止、兵舎入営 8月 有奨富国債権発行	6/5 ミッドウエー海戦敗北 11/14 ガダルカナル夜戦敗北 11月 国民勤労奉公法公布 12/9 蒋介石政権、日本に宣戦布告 12/12 大東亜戦争と名称変更
昭和18（1943）年	4/18 茂夫、安東出張所 5/10 次男、昌弘誕生	戦況は日に日に悪化 奉天市の食糧配給量成人で日に200グラム 6/4 戦時衣生活簡素化実施要綱閣議決定	9月 東条内閣、国内態勢強化方針決定 10月 関東軍から大量の兵力転用始まる 11/27 カイロ宣言
昭和19（1944）年	2月 水豊発電所6号機完成		2月 文化人動員、決戦文化の新聞記事 2/25 決戦非常措置要綱を閣議決定 3月 大政翼賛会、国民総動員体制の指針発表 7月 関東軍北辺振興計画中止防衛第一方針

昭和19（1944）年			9/18 対ソ静謐確保の命令（一切の戦闘を禁止） 10/27 スターリン「日本は侵略国家である」の演説 10/30 神風特別攻撃隊初出撃（比島）
昭和20（1945）年	5月 茂夫、応召 5月 間組の現地応召48名（30％） 5/25 間組青山本店、東京空襲で焼失 6/18 長女、和子誕生 8/13 茂夫、穆稜で戦死（34歳） 10月 ソ連軍、水豊発電所3・4・5号機解体後ソ連へ移送	8/9 関東軍主力国境から撤退 8/11 軍、政府、満鉄に疎開命令 8/15 満州国消滅 9/5 ソ連軍　安東進駐 11月 ＧＨＱ命令で引揚者から金を没収 11月末 八路軍、安東進駐	5月 大本営、ソ連参戦時には満州の3/4放棄決定 大学入試なし、学徒動員に応える 8/6 広島原爆投下 8/8 ソ連対日宣戦布告 8/9 ソ連軍北満侵攻 8/9 長崎原爆投下 8/10 ポツダム宣言受諾決定（御前会議） 8/15 終戦死者日本人310万人 8/15 海外居留民の現地定住を訓令 8/26 満州邦人に現地土着、国籍離脱の方針 9/1 南鮮引揚第一船興安丸仙崎港入港 9/24 次官会議で海外邦人海外残留方針決定 10/27 ソ連占領下の日本人状況司令部あて提出 11/12 帰鮮輸送中止の通牒 12月末 南朝鮮からの引揚ほゞ完了
昭和21（1946）年	10/29 一家４人博多港引揚 11月 一家４人北海道滝川市	2月 ソ連軍満州撤退を5月に延期 3/8 ソ連軍奉天撤退完了 5/11 国府軍と米軍間に在満日本人送還協定成立	2/27 米国、ソ連の在満施設撤去に警告 3/26 ソ連軍満州撤退開始 4/23 浦賀入港高砂丸船員に発疹チフス患者発生

昭和21（1946）年		5/14 葫蘆島引揚開始（第一船）1219名揚陸（佐世保） 5/28 ソ連地区の邦人帰還問題、米ソの外交交渉に移される 6/28 アチソン議長、ソ連に日本人の引揚を請求するがソ連側応じず 7/8 葫蘆島入港船にコレラ続発（博多） 7/22 奉天地区邦人博多港入港 7/24 新京地区邦人博多港入港 8/15 満州中共地区邦人送還協定成立 9/23 哈爾濱地区邦人博多港入港 9/26 安東邦人、第1陣現地出発 9/30 国会本会議ソ連地区引揚促進決議可決	4/29 舞鶴入港V099号に天然痘患者発生 7/16 博多でコレラ患者111名（内死亡4名） 8/5 博多港を「コレラ」港に指定 8月 戦時補償打切り 8/21 中共満州に自治政府樹立発表 8/30 国府軍承徳を占領 9/10 引揚に関する基本指令修正（第2回） 10月 ソ連占領地区除く軍人の復員終了 10/8 博多港に41隻の引揚船滞留 12/5 樺太引揚第一船雲仙丸函館入港
昭和24（1949）年	12月 一家4人福岡市		
昭和25（1950）年	米軍、水豊発電所爆撃	鴨緑江大橋爆撃	朝鮮戦争
昭和27（1952）年			12月 サンフランシスコ講和条約発効
昭和37（1962）年	8月 茂夫の戦死を受入れ葬儀		
平成22（2010）年	8月 昌弘、戦没の地を慰霊		
平成23（2011）年	10/15 母、君子逝去（96歳）		
平成24（2012）年	7月 昌弘、安東再訪		
平成27（2015）年	10月 昌弘、安東～コロ島の引揚行路を辿る		

あとがき

社会人となって中国との縁が始まったのは入社して九年目の一九七四年（昭和四十九年）で、当時の進藤一馬福岡市長が団長となって高校生の福岡市青少年の船を中国に派遣したのを同乗取材した時である。当時の中国は文化大革命の最盛期というより終末期というべきか国全体が紅衛兵と毛語録であふれているものの、私達報道陣に一人ひとり通訳がついた他に二名共産党員が付き添ってそれとなく行動を規制していた。珍しい外国のお客さんに対して、〝熱烈歓迎〟してくれるものの上海も天津も北京も行き交う車も人も少なく、ただ動員された少年少女や沿道住民の姿が目立つ程度で、暗く沈んだように見えた。それでも実質的に鎖国政策をとっている中国の現状を垣間見ることができたことは私にとって貴重な経験となった。この後、会社の先輩の誘いで、太極拳を始めることになり、一九七五年二月に日本太極拳協会福岡支部を創設し、一九七六年十一月には文化大革命が終焉した直後に、日本太極拳協会の第三次太極拳学習訪中団九名の一員として北京で太極拳の指導を受けた後、上海、広州を廻り、文化大革命直後の開放感溢れる街の状況をつぶさに見ることができた。その後、幾度となく学習のため北京・広州・鄭州等に足を運び、中国との結びつきを強めていくことになった。今思えば必然の成行きだったかも知れない。そして、中国語の学習も余儀なくされ、いつの間にか初級者程度の中国語をマスターし、太極拳や武術書、人民日報等も何とか読みこなし、中国一人旅もできるようにもなった。テレビ西日本在職中に中国の友好テレビ局である「大連電視台」との交流事業にも携わることもできた。趣味で始めた太極拳が仕事にも役立ったのである。太極拳が縁で友人となった中国人は、第三次訪中団の通訳として世話をしてくれた李友林さんで、彼は中国テニス協会のトップクラスまで昇進しているが、現在まで四十四年間も変わりないお付き合いをしており、今も家族ぐるみの交流が続いている。私の安東訪問や引揚行路を辿る旅には一週間以上に亘って親身に世話をしてくれ、一般旅行者ではとうてい訪問することができない所も付き添い、案内してくれた。中国人の立場から日本人を見ると、私の父が民間会社に勤めていたとはいえ、根こそぎ動員で終戦三ケ月前に突然一枚の召集令状でソ連との国境に配属されたとしても、日本兵であることには変らない。大陸で五族協和を唱えながら大和民族が最良の民族であることを隠さず土地を奪い、次々と戦線を拡大し、多数の中国人の命や財産を奪ったことは紛れもない事実であり、旧日本兵が反感を持たれたとしても致し方ないことであった。しかし、李さんは吉林大学の日本語学科を卒業したばかりで、新中国建設に何ができるか考えた上での日本語通訳という仕事を選んだとその当時、私に話してくれた。私自身も身の上話をきちんと話したことから心が通じ合い、今日に至っている。

終戦後一年三ケ月経って、五歳の兄と三歳の私それに一歳の妹の三人の子供を無事博多港に連れ帰った時、母は二十九歳だった。終戦の僅か二日前に戦死した父は三十六歳だった。日本が引起こした戦争が中国をはじめ近隣諸国へ取り返しのつかない被害を与え、そして我が家だけでなく、日本の国民にどれほどの苦難をもたらしたことか、若い頃の両親の姿を探し求める調査を進めるうち、私は憂鬱になってきた。戦争の災禍や残酷さについて日本では非常に多くの書籍が出版され、私も数多くの書籍を読み、理解しているつもりであった。ところが、両親のことをより深く理解する為には、更に奥深く追求することになり、他人に話すのが嫌になるほどの残酷な事実が次々と目の前に現われとまどった。特に満蒙開拓団の現地住民による暴行や集団自決である。たとえ歴史的事実であっても余りにも非人道的で読むに耐えられない内容であり、私の記録にとどめることにためらいを感じた。しかし、どんな残酷な証言であっても、当人が語るべきだと明らかにしたものは隠すべきでないと考えるに至り、引揚者の証言集に載せることにした。

日本軍最高指導者の終戦直前と直後の会議録を読んでいるうち、「実戦に赴くことはない高級軍人と日常が〈死〉である下層兵士と運命において天と地ほどの開きがある」と保阪正康氏が指摘したとおりであることもわかった。エリート軍人は戦地ではいち早く安全な地域へ逃げ、前線の兵士には強制と脅迫といった形で玉砕を命じる。「兵隊教育とは狂人化させることだ」とエリート軍人は戦後語っている。「降伏という字は日本軍人の辞書にはなかった。武器を失ったら手で戦え、手がダメになったら足で戦え。手も足も使えなくなったら口で喰いつけ、いよいよダメになったら舌を噛み切って自決しろとまで教えていた。降伏せよと命令を出してもうまく実行されるか疑問である」とのポツダム宣言受諾を巡る最高戦争指導者会議での梅津参謀総長の言葉に唖然とするが、当時のエリート軍人の考えを象徴している。その日本軍最高幹部の考えが〝一億総特攻〟即ち日本破滅への道を進むことになる。ソ連国境での戦車への〝肉攻〟、南方戦線・沖縄戦線で行われた神風〝特攻〟、戦艦大和による〝海上特攻〟等すべてが〝死〟を日常のものとした。そして新聞やラジオから文化芸術あらゆる部門が〝特攻〟を支えたのである。〝特攻〟の先にあるべき『日本の将来はどうなるのか』何も見えないのである。〝特攻〟により〝玉砕〟することが国家に貢献することだと教え、日本国家そのものも破滅への道を歩んだのである。日清戦争と日露戦争を経て中国大陸に進出した時から、日本の〝特攻〟が始まったといえる。国際的批判を浴びながらも満州国建国宣言をした時から、拍車がかかり、父はその日本の特攻軌道に乗ったことにもなる。二十四歳で大陸に渡り、ダムや道路、港湾施設、工業団地の造成等社会的インフラ整備に従事したのは、〝侵略〟とか〝掠奪〟とか考えなかったであろう。私が現地に赴き、七十数年経た現在でも活用されているのを目にすると、少しばかり救われるような気になったのも事実である。そして、父の戦死の真相について語ってくれた同じ一二四師団に所属し、父の二七一連隊と兄弟連隊に当たる二七三連隊に所属していた松本茂雄さんを生涯決して忘れることはない。松本さんは九十歳を過ぎても自らの満州におけるソ連国境での戦争体験とシベリア抑留体験を後世に伝える為、万全の準備をして早稲田大学で特別講義を行ったり、関東各地で市民講座を開いて、二度と繰り返してはならない戦争の実態を若い人たちに伝えている。ピンと伸ばした背筋と生き生きとした眼を見ると、優しい表情の中にその決意が尋常でないことが読みと取れ、なくなった戦友たちの無念を弔う修行僧に重なる。

生まれ故郷・安東を訪ねたり、父親の仕事場を訪ねたり、引揚行路を辿る旅をするに当たり、事前調査は「安東会」の会員の方々に一方ならぬご協力とご支援、そして励ましの言葉をいただいた。会員の方々全ては私より年上であり、安東の生活を記憶しており、弟か子供のように接してくれ、貴重な体験を話してくれたし、長年に亘って蓄積した資料を惜しげもなく提供してくれた。名誉会長の大和田義明さんは多感な中学生時代に安東で終戦を迎え、逞しく生き延びた日々を昨日の出来事のように話していただき、自分も現場に居るような錯覚さえ感じた。日本ペンクラブ会員でもある柳原隆行さんは、自宅の広間に畳二枚分の手作りの地図を拡げ、安東引揚者が鉄道線路破壊により貨車を降ろされ、さ迷い歩いた河原や最大のの難所とも言うべき山岳地帯を、自らの足で地元民と共に踏破した行路を私に説明し、私自身の検証の旅の大きな参考となったことは言うまでもない。そして、その山岳地帯を小学生の頃、必死になって親の後を追い無事帰国できた馬場凉子さんは、思い出したくない悲惨な出来事も率直に口にしてくれた。

安東市や鴨緑江関連だけでなく満州国に関する多くの著書がある作家の岡田和裕さんには調査する上での多くのヒントと励ましの言葉をいただいた。岡山市在住の池田武久さんには葫蘆島の戦前と現在の詳しい地図を提供いただき、引揚行路の最終地点に迷うことなく立つことが出来た。

また、大宰府市在住の碇宏之さんは、私の願いごとを知ると目の前で、間組社宅近くに住んでいた同窓生で名古屋市在住の安藤巖さんに電話連絡を取っていただいた。後日、安藤さんはすぐに当時の詳細な住宅地図を私に送ってくれた。そのお蔭で三歳半で引揚げ、記憶が全くない引揚の状況や安東の街のことがまるでパズル断片を一つひとつ埋め合わせ、一枚の絵を完成するかのように感じた。そして、引揚体験を市民に幅広く伝え、戦争のない世界の大切さを市民運動されている梅澤順子さんからは母親のように優しく励ましてくれ、勇気付けられました。名古屋市在住の杉本克治さんは『当時の在満邦人はまさに棄民でした。我々が生きている限りは語り継いでいかなければならないことだ』と私の活動を励ましくれた。また、当時安東電話局に交換手として働いていた安達文子さんは間組関係の電話を幾度となく取り次ぎ『もしかしたら諸住さんのお父さんの電話を取り次いだかもしれませんね』と書き記したお手紙でいただき、どれだけ元気付けられたことか。会報誌「ありなれ」を惜しげもなく纏めて渡してくれた北九州市在住の安部道子さん、最初に窓口になっていただき基礎資料を提供して頂いた会長代行の元野靖夫さん等安東会の会員の方々にこの場を借りて改めて感謝申し上げます。

また、最初から最後まで適切なアドバイスで私のやる気を引き出し励まし続けてくれた後藤文利さんと、梓書院の編集者・白石洋子さんのお蔭で、諸住家のファミリーヒストリーが日の目を見ることになり、一冊の本にすることができました。有難うございました。

令和元年八月

諸住　昌弘

諸住 昌弘（もろずみ まさひろ）

プロフィール

1943年 5月 旧満州国安東市（現・中華人民共和国遼寧省丹東市）生まれ。
1946年 10月 コロ島から博多港引揚げ、北海道滝川市へ。
1949年 12月 福岡市へ。
1956年 3月 福岡市立御供所小学校（現・博多小学校）卒業。
1959年 3月 福岡市立博多一中（現・博多中学校）卒業。
1962年 3月 私立東福岡高校卒業。
1966年 3月 九州大学教育学部卒業。
1966年 4月 株式会社テレビ西日本入社。
2008年 5月 テレビ西日本退社。
現在、全日本太極拳協会本部福岡支部副支部長、九州日中平和友好会理事。

昭和《しょうわ》の記憶《きおく》 旧満州《きゅうまんしゅう》に消《き》えた父《ちち》の姿《すがた》を追《お》って

著　者　諸住昌弘
発行日　令和元年10月25日発行
発行人　田村志朗
発行所　株式会社梓書院
〒812-0044 福岡市博多区千代3－2－1
tel 092－643－7075
fax 092－643－7095
http://www.azusashoin.com

印刷・青雲印刷／製本・岡本紙工